Das Geheimnis von Holnis –

Ein Fall für die Inselkommissarin
(Band 1)

Inhalt

Kapitel 1: Neue Anfänge

Die Fähre legte mit einem leisen Knarren am kleinen Holniser Hafen an. Anna Hansen stand an der Reling, ihre Hände fest um das kalte Metall geklammert. Ein scharfer Wind zog über das Wasser und trieb dichte Wolken über den bleigrauen Himmel. Sie blinzelte gegen die aufkommende Kälte an und ließ ihren Blick über die Küste der Insel schweifen. Holnis, ihre neue Heimat.

Gedanken an die Vergangenheit

Die Geräusche des Hafens – Möwen, die sich über den Booten stritten, das Schlagen der Wellen gegen die Kaimauer – fühlten sich noch fremd an. Zu Hause, in der Stadt, war immer Lärm gewesen. Verkehr, Menschenmassen, das Hupen der Autos, das endlose Summen der Straßen. Hier auf Holnis herrschte eine Stille, die fast drückend wirkte, als ob die Insel selbst darauf wartete, dass etwas geschah.

Anna hatte sich diesen Wechsel gewünscht, zumindest redete sie sich das ein. Die letzten Monate in der Großstadt waren ein Albtraum gewesen – nicht nur beruflich. Ein Fall, der sie fast gebrochen hätte. Eine Beziehung, die zerbrochen war, lange bevor sie den Mut gefunden hatte, sich das einzugestehen. Holnis war ein Neuanfang. Ein Ort, um wieder zu sich selbst zu finden.

Doch als sie ihre wenigen Habseligkeiten von der Fähre auf den kleinen Pier zog, zweifelte sie an ihrer Entscheidung. Was, wenn die Insel nicht nur ein neuer Ort war, sondern auch neue Probleme mit sich brachte? Was, wenn die Vergangenheit sie nicht losließ?

Erste Eindrücke von Holnis

Die Insel wirkte verlassen. Kein Lachen, keine Gespräche, kein Alltag, der sie in Empfang nahm. Nur der Wind, der ihre Haare zerzauste und das leise Knarzen der Boote, die im Hafen dümpelten. Ein älterer Mann, in eine schwere Jacke gehüllt, nickte ihr zu, als sie vorbeiging. Sein Blick war neugierig, aber nicht freundlich. Kein Lächeln auf den Lippen, keine Begrüßung. Sie erwiderte das Nicken und zog ihren Koffer über das holprige Kopfsteinpflaster in Richtung des kleinen Dorfes, das sich hinter dem Hafen erstreckte.

Die Häuser hier waren alt, niedrig und aus Stein, manche mit dicken Moosschichten auf den Dächern. Es war September, aber die Kälte kroch bereits jetzt in die Knochen. Der Herbst kam früher hier draußen, weit entfernt von der Hektik des Festlands. Sie erinnerte sich an die Beschreibungen ihres neuen Vorgesetzten, Kommissar Behrends. „Holnis ist klein, abgeschottet und die Leute hier sind eigen", hatte er gesagt, als sie das Angebot angenommen hatte. „Aber sie sind gute Menschen. Solange du sie in Ruhe lässt."

Anna hatte gelächelt. In Ruhe lassen. Das war nicht gerade ihre Stärke. Sie war dafür bekannt, in den Dingen herumzustochern, die die meisten lieber ignorierten. Vielleicht war es genau das, was sie nach Holnis gebracht hatte.

Ihr neues Zuhause lag am Rande des Dorfes, nur einen Steinwurf von den Klippen entfernt. Ein altes Fischerhaus, das früher einem Seemann gehört hatte, wie man ihr erzählt hatte. Der Seemann sei vor Jahren verschwunden – einfach eines Nachts aufs Meer hinausgefahren und nie wieder zurückgekehrt. Der Gedanke daran ließ sie schaudern, als sie die Tür aufschloss und das leere, staubige Innere betrat.

Das Haus war bescheiden, mit niedrigen Decken und kleinen Fenstern, die den Raum nur spärlich erhellten. Ein alter Ofen stand in der Ecke, und die Luft roch nach Feuchtigkeit und Vergessenheit. Anna stellte ihren Koffer ab und atmete tief durch. Es war nicht viel, aber es war ihres. Sie ging durch die Räume, ließ ihre Finger über die verwitterten Fensterrahmen gleiten und sah hinaus auf die tosenden Wellen. Die Aussicht war atemberaubend und bedrückend zugleich.

Plötzlich klopfte es an der Tür. Anna zuckte zusammen. Sie hatte niemanden erwartet. Als sie öffnete, stand ein Mann in mittleren Jahren

vor ihr, dunkelhaarig, in einer abgetragenen
Jacke. Sein Gesicht war wettergegerbt, und seine
Augen musterten sie neugierig. „Kommissarin
Hansen? Ich bin Jürgen, Jürgen Behrends.
Willkommen auf Holnis."

Der erste Kontakt mit der Gemeinschaft**

Jürgen lächelte freundlich, doch es wirkte
gezwungen. Er reichte ihr die Hand, und Anna
ergriff sie zögernd. Sein Händedruck war fest,
doch es lag eine gewisse Distanz in seinem Blick.
„Ich habe das Haus für Sie vorbereiten lassen. Es
ist nicht viel, aber es wird Ihnen genügen."

„Danke", sagte Anna knapp und trat zur Seite,
damit er eintreten konnte. Gemeinsam gingen sie
durch die Räume, während Jürgen ihr einige
Details über das Haus und die Insel erklärte.
„Holnis ist nicht groß. Es gibt vielleicht hundert
Einwohner, die meisten von ihnen Fischer oder
Touristenführer. Im Winter ist hier nicht viel los.
Aber im Sommer..." Er brach ab und zuckte mit
den Schultern.

„Im Sommer was?", fragte Anna nach.

„Da kommen die Touristen. Aber Sie werden sehen, die Insel hat ihre eigenen Regeln. Die Menschen hier mögen keine Fremden, und sie mögen es nicht, wenn man zu viel fragt."

„Ich bin hier, um zu arbeiten", erwiderte Anna kühl. „Ich frage nur, wenn es nötig ist."

Jürgen nickte, doch Anna hatte das Gefühl, dass er ihr nicht glaubte. „Wir sehen uns dann morgen im Revier", sagte er schließlich, bevor er ging. „Willkommen auf Holnis."

Das Gefühl der Isolation

Als die Tür hinter ihm ins Schloss fiel, ließ Anna sich auf einen der alten Stühle sinken. Die Kälte im Raum schien sie langsam einzuhüllen, und das Tosen des Meeres hallte in der Stille nach. Sie war hier, weit weg von allem, was sie kannte. Die Insel war ihr neuer Einsatzort – und vielleicht

der Ort, an dem sie Antworten finden würde.
Oder neue Fragen.

Anna blickte aus dem Fenster, wo der Nebel sich
wie ein Schleier über die Insel legte. In der Ferne
sah sie den Leuchtturm von Holnis aufragen,
einsam und trotzig. Ein Vorbote dessen, was sie
hier erwartete.

Es war der Anfang eines neuen Lebens. Und
vielleicht das Ende eines alten.

Kapitel 2: Ein merkwürdiger Vorfall

Erster Arbeitstag

Am nächsten Morgen wachte Anna früh auf. Der Sturm, der in der Nacht über die Insel gezogen war, hatte ihr kaum Schlaf gelassen. Das Heulen des Windes und das Schlagen der Wellen hatten die Stille ihres Hauses durchbrochen und Erinnerungen geweckt, die sie am liebsten vergessen hätte. Doch die Arbeit rief. Es war ihr erster Tag im neuen Revier, und sie wollte einen guten Eindruck hinterlassen – so gut das eben auf einer Insel wie Holnis möglich war.

Als sie das Haus verließ, lag eine ungewohnte Stille über dem Dorf. Der Nebel, der sich bereits am Vorabend angedeutet hatte, war noch dichter geworden und legte sich wie ein schwerer Schleier über die kleinen Steinhäuser und den Hafen. Nur das schwache Hupen eines Fischerbootes war in der Ferne zu hören, während sie die schmale Straße zum Polizeirevier hinaufging. Die Luft roch nach Salz und feuchtem Gras.

Das Revier war ein kleines, unscheinbares
Gebäude direkt neben dem Gemeindehaus. Von
außen hätte es genauso gut ein altes Lagerhaus
sein können. Innen war es nicht viel besser:
schlichte Schreibtische, ein paar Aktenstapel
und eine alte Kaffeemaschine, die leise vor sich
hin brummte.

„Morgen, Anna", begrüßte sie Jürgen Behrends,
der an seinem Schreibtisch saß und bereits in
einen Stapel Papiere vertieft war. „Bereit für
deinen ersten Tag?"

Der erste Fall

Anna setzte sich an ihren Schreibtisch und
nickte. „Was steht heute an?"

Jürgen lehnte sich zurück und warf ihr einen Blick
zu, den sie nicht recht deuten konnte. „Nicht viel.
Wir haben hier nicht gerade die Kriminalität der
Großstadt. Meistens sind es kleinere Delikte.
Gelegentlich mal ein Diebstahl oder eine
Auseinandersetzung zwischen den Fischern.
Aber..." Er hielt inne, als ob er überlegte, ob er
weitersprechen sollte.

„Aber?" Anna legte den Stift beiseite, den sie in die Hand genommen hatte, um ein paar Notizen zu machen.

„Es gibt da eine Sache, die mir in den letzten Tagen keine Ruhe lässt. Es ist eigentlich nichts Offizielles, aber... na ja, du wirst es selbst sehen." Jürgen stand auf, griff nach seiner Jacke und bedeutete Anna, ihm zu folgen.

Die verlassene Hütte

Gemeinsam verließen sie das Revier und gingen schweigend durch das Dorf. Jürgen führte sie hinaus aus dem bewohnten Gebiet, entlang eines kleinen Pfades, der sich durch das raue Gras und vorbei an den Klippen schlängelte. Der Nebel war so dicht, dass man kaum zehn Meter weit sehen konnte, und die feuchte Luft ließ Annas Haare an ihrer Stirn kleben.

„Wohin gehen wir?" fragte sie schließlich, als sie nach etwa zwanzig Minuten Marsch einen alten, verwitterten Zaun erreichten. Dahinter lag eine verlassene Hütte. Die Fensterläden hingen schief, das Dach war an mehreren Stellen eingefallen, und das Holz der Wände war vom Salz und den Jahren grau und rissig geworden.

„Das hier gehört einem alten Einsiedler, der vor vielen Jahren verschwunden ist", erklärte Jürgen, während er das Tor öffnete und Anna bedeutete, ihm zu folgen. „Niemand hat ihn seitdem gesehen. Ab und zu behaupten die Dorfbewohner, sie hätten Licht in der Hütte gesehen, oder sie hören Geräusche. Aber wenn wir nachsehen, ist nie jemand da."

„Und was ist dieses Mal anders?" Anna sah sich um, während sie den matschigen Boden unter ihren Füßen bemerkte. Sie konnte die Spuren eines Autos erkennen, das offenbar vor kurzem hier gewesen war.

„Letzte Nacht", begann Jürgen, „hat ein Fischer, der spät zurückgekommen ist, behauptet, er habe jemanden gesehen. Eine Frau. Sie stand am Fenster und hat auf das Meer hinausgestarrt."

„Eine Frau?" Anna zog die Stirn kraus. „Wer könnte das gewesen sein?"

„Das ist die Frage", erwiderte Jürgen. „Niemand aus dem Dorf kennt sie, und es gibt auch keine Touristinnen, die alleine unterwegs wären. Außerdem..." Er zögerte. „Sie soll genau wie eine Frau ausgesehen haben, die vor drei Jahren hier verschwunden ist."

Im Inneren der Hütte

Anna schauderte bei diesen Worten, doch sie sagte nichts. Stattdessen ging sie mit Jürgen zur Tür der Hütte und drückte den rostigen Griff hinunter. Die Tür öffnete sich mit einem Knarren, und ein modriger Geruch schlug ihnen entgegen.

Innen war es dunkel, nur das schwache Licht, das durch die schmutzigen Fenster fiel, erhellte den Raum. Es sah aus, als ob seit Jahren niemand mehr hier gewesen wäre. Die Möbel waren mit einer dicken Staubschicht bedeckt, und der Kamin war kalt und voller Asche.

„Hier drin ist es ruhig", stellte Anna fest, während sie sich weiter umsah. Sie ging auf ein kleines Regal zu, auf dem einige Bücher und alte Fotos standen. Die Fotos waren vergilbt, doch eines fiel ihr ins Auge. Es zeigte einen Mann und eine Frau, Hand in Hand vor dieser Hütte.

„Wer ist das?" fragte sie und hielt das Foto hoch.

Jürgen trat näher und warf einen kurzen Blick darauf. „Das ist der alte Seemann, dem die Hütte gehörte. Und die Frau... das ist seine Tochter. Sie ist vor einigen Jahren weggezogen."

Anna betrachtete das Foto nachdenklich. Irgendetwas an dem Bild ließ sie nicht los, aber sie konnte nicht sagen, was es war. „Hat jemand nach dem Vorfall letzte Nacht etwas gesehen?"

Jürgen schüttelte den Kopf. „Niemand. Ich habe heute Morgen mit den Leuten im Dorf gesprochen, aber sie waren wie immer. Verschlossen. Ich weiß nicht, ob sie mehr wissen

und es uns nicht sagen wollen, oder ob sie
einfach nichts davon halten."

Ein erster Verdacht

Anna legte das Foto zurück und trat ans Fenster.
Draußen war der Nebel dichter geworden, und
sie konnte kaum den Weg zurück erkennen. „Ich
denke, wir sollten das hier weiter im Auge
behalten", sagte sie schließlich. „Vielleicht gibt
es doch jemanden, der sich hier versteckt."

Jürgen nickte, doch sie konnte sehen, dass er
nicht überzeugt war. „Vielleicht", murmelte er,
während sie die Hütte verließen und die Tür
hinter sich schlossen. „Aber ich fürchte, es
könnte mehr dahinterstecken, als nur ein Zufall."

Während sie zurück ins Dorf gingen, konnte Anna
das Gefühl nicht abschütteln, dass dieser Vorfall
nur der Anfang von etwas viel Größerem war. Die
Stille der Insel, der Nebel und das Geheimnis um
die verlassene Hütte – alles schien sie in eine
Richtung zu führen, die sie selbst noch nicht ganz
verstand.

Kapitel 3: Der Anruf

Eine stille Nacht

Es war spät, als Anna wieder in ihrem Haus ankam. Der Tag war ungewöhnlich lang gewesen, und das merkwürdige Erlebnis in der verlassenen Hütte ließ ihr keine Ruhe. Sie konnte nicht aufhören, an die Frau zu denken, die angeblich in der Nacht am Fenster gesehen worden war. Wer war sie? War es wirklich die Tochter des Seemanns? Oder steckte etwas anderes dahinter?

Das Meer rauschte draußen, und der Wind schlug gegen die Fensterläden. Anna saß mit einer Tasse Tee am Tisch und blätterte durch die Unterlagen, die sie in der Station erhalten hatte – nichts Aufregendes, nur die alltäglichen Aufgaben einer Kleinstadtpolizistin. Doch als sie an diesem Abend die Akten durchsah, fiel ihr auf, dass die Insel eine ungewöhnlich hohe Anzahl von Vermisstenfällen aufwies. Es waren meist keine Einheimischen, sondern Touristen oder Durchreisende, deren Spur sich einfach verloren hatte. Fälle, die nie vollständig geklärt worden waren.

Der Anruf mitten in der Nacht

Gegen Mitternacht klingelte ihr Telefon. Die unerwartete Störung ließ sie zusammenzucken. Wenig überraschend war es Jürgen Behrends, der mit ernster Stimme sprach. „Anna, ich brauche dich sofort im Revier. Wir haben einen Fall."

„Was ist passiert?" Anna rieb sich die Schläfen und versuchte, wach zu werden.

„Eine Frau wird vermisst. Seit Tagen hat niemand sie gesehen. Sie war auf der Insel im Urlaub und hätte vor zwei Tagen abreisen sollen. Die Hotelbesitzerin hat sie seitdem nicht mehr gesehen, und ihr Zimmer sieht aus, als wäre sie einfach spurlos verschwunden."

„Eine Urlauberin?" Anna stand auf, zog sich schnell ihre Jacke über und griff nach ihren Schlüsseln. Ihr Herz begann schneller zu schlagen. Genau das hatte sie befürchtet. Es schien mehr auf dieser Insel zu geben, als nur kleine Delikte und harmlosen Inseltratsch.

„Ja, die Familie ist schon verständigt. Sie ist mit einer Freundin angereist, aber die ist bereits vor ein paar Tagen abgereist. Ich warte auf dich im Revier."

Das Hotelzimmer der Vermissten

Anna fuhr durch die stille Nacht ins Dorf hinunter, während ihre Gedanken rasten. Es war ihr erster Vermisstenfall auf Holnis, und sie hatte das Gefühl, dass dieser Fall besonders kompliziert werden würde.

Als sie im Revier ankam, wartete Jürgen bereits mit einem Stapel Akten und Fotos auf sie. „Die Vermisste heißt Laura Brandt, 34 Jahre alt, aus Hamburg. Sie war zusammen mit einer Freundin, Marie Weiler, auf der Insel, aber Marie ist vor drei Tagen abgereist. Laura wollte noch ein paar Tage allein bleiben, um sich zu erholen."

„Und seit wann ist sie verschwunden?" fragte Anna, während sie die Akten durchblätterte.

„Sie wurde zuletzt vorgestern Nachmittag gesehen. Die Besitzerin des Gasthauses sagt, dass sie am Morgen ausgecheckt hat, aber ihre Sachen sind noch im Zimmer."

Anna nickte und legte die Akte beiseite. „Wir sollten uns ihr Zimmer ansehen."

Sie fuhren gemeinsam zu dem kleinen Gasthaus am Rand des Dorfes. Es war ein altmodisches Gebäude mit knarrenden Holzdielen und einem muffigen Geruch nach altem Teppich. Die Besitzerin, eine schmale Frau in den Fünfzigern mit müden Augen, führte sie schweigend nach oben in das Zimmer der Vermissten.

Ein Zimmer ohne Hinweise

Das Zimmer war einfach, mit einem schmalen Bett, einem Schrank und einem kleinen Fenster, das auf den Hafen hinausblickte. Die Koffer der

Vermissten standen noch unberührt in der Ecke, und auf dem Nachttisch lag ein Buch, das halb gelesen schien.

„Es sieht nicht so aus, als ob sie fluchtartig verschwunden wäre", bemerkte Anna, während sie das Zimmer durchsuchte. „Keine Anzeichen für einen Kampf, kein Chaos."

Sie öffnete die Schubladen und fand Lauras persönlichen Gegenstände: eine Handtasche, ein Telefonladegerät, Kleidung – alles, was man für einen Urlaub erwarten würde. Aber keine Hinweise darauf, wohin sie gegangen sein könnte.

„Hast du das schon durchgesehen?" fragte sie Jürgen, als sie einen Notizblock fand, der auf dem Schreibtisch lag.

„Nein, das ist neu", antwortete er und trat näher. Anna blätterte die Seiten durch. Lauras Handschrift war klein und ordentlich, aber es gab keine besonderen Notizen, die auf irgendetwas

Merkwürdiges hindeuteten. Bis auf die letzte Seite.

Dort stand nur eine einzige Zeile, die Anna einen Schauer über den Rücken jagte:

„Ich glaube, jemand beobachtet mich."

Anna starrte auf die Worte und versuchte, die plötzliche Beklemmung zu ignorieren, die sich in ihrem Magen breitmachte. Was hatte Laura gewusst? Und warum hatte sie sich nicht an die Polizei gewandt?

Die Spur führt ins Nichts

Anna und Jürgen verließen das Zimmer und sprachen noch einmal mit der Besitzerin, doch sie konnte ihnen nichts Neues sagen. Laura war eine ruhige, freundliche Frau gewesen, die niemandem Ärger gemacht hatte. Sie war oft allein spazieren gegangen, hatte aber nie etwas Verdächtiges erwähnt.

„Es gibt einen Wanderweg, den viele der
Touristen nehmen", sagte die Besitzerin
schließlich. „Er führt entlang der Küste, bis zum
Leuchtturm. Vielleicht ist sie dort entlang
gegangen."

Anna sah zu Jürgen. „Wir sollten uns den Weg
ansehen."

Sie machten sich auf den Weg, trotz der
fortgeschrittenen Stunde. Die Dunkelheit und der
Nebel machten die Suche nicht einfacher, aber
Anna konnte nicht warten. Der Gedanke, dass
Laura irgendwo draußen in Gefahr sein könnte,
trieb sie an.

Der Weg entlang der Küste

Der Pfad schlängelte sich durch das hohe Gras,
immer entlang der Klippen. Die Wellen schlugen
tosend gegen die Felsen, und der Wind war so
stark, dass Anna ihre Jacke fest um sich zog.
Jürgen leuchtete mit einer Taschenlampe den
Weg aus, aber es war schwer, bei diesen
Bedingungen etwas zu erkennen.

„Sie könnte gestürzt sein", sagte Jürgen, doch seine Stimme klang nicht überzeugt.

Anna schwieg. Ihr Instinkt sagte ihr, dass hier mehr im Spiel war. Als sie schließlich den Leuchtturm erreichten, war der Nebel so dicht, dass sie kaum den Weg vor sich erkennen konnten. Der Leuchtturm ragte wie ein gespenstischer Wächter in die Höhe, sein Licht drehte sich langsam und schnitt durch die Dunkelheit.

„Siehst du etwas?" fragte Jürgen, als sie den Pfad absuchten.

„Nichts", murmelte Anna. Doch dann blieb sie plötzlich stehen. Im Gras, kaum sichtbar, war etwas.

Es war ein Schuh. Ein einzelner Damenschuh, halb vergraben im feuchten Sand. Anna hob ihn auf und drehte ihn in ihren Händen. „Das könnte ihrer sein."

Jürgen trat näher und sah sie an. „Meinst du, sie ist hier gestürzt?"

Anna sah hinaus aufs Meer. Die Dunkelheit und der Nebel verschluckten alles. Es wäre so leicht, einfach zu verschwinden. Einfach zu fallen und niemals gefunden zu werden.

Doch tief in ihrem Inneren wusste sie, dass es nicht so einfach war. Irgendetwas stimmte hier nicht. Der Schuh war nur der Anfang.

Kapitel 4: Die ersten Spuren

Früher Morgen und unerwartete Neuigkeiten

Anna konnte kaum schlafen, nachdem sie den einsamen Schuh am Leuchtturm gefunden hatten. Ihre Gedanken kreisten unaufhörlich um die Frage, was mit Laura Brandt geschehen war. War sie tatsächlich die Klippen hinuntergestürzt? Oder war etwas noch Schlimmeres passiert? Am frühen Morgen wachte sie auf, den Nebel immer noch vor ihrem Fenster, als ob die Insel versuchte, ihre Geheimnisse zu verbergen.

Mit einem schnellen Kaffee in der Hand ging sie ins Revier. Dort fand sie Jürgen, der bereits über Akten gebeugt war, mit tiefen Falten auf der Stirn. „Morgen", sagte sie und setzte sich an ihren Schreibtisch.

„Morgen", murmelte er, ohne aufzusehen. Dann hob er plötzlich den Kopf und sah sie ernst an. „Es gibt Neuigkeiten."

„Was für Neuigkeiten?" Anna stellte ihre Tasse
ab.

„Der Schuh, den wir gestern gefunden haben –
die Familie hat bestätigt, dass es Lauras ist. Aber
das ist nicht alles." Er schob ihr ein Stück Papier
über den Tisch. „Ich habe heute Morgen mit
Marie Weiler, Lauras Freundin, gesprochen. Sie
hatte bereits einige merkwürdige Dinge
angedeutet, bevor sie die Insel verlassen hat.
Laura hat ihr erzählt, dass sie sich beobachtet
fühlte."

„Beobachtet?" Anna erinnerte sich an die Notiz
im Zimmer – „Ich glaube, jemand beobachtet
mich." Ihr Instinkt hatte ihr recht gegeben. „Was
genau hat Marie gesagt?"

„Laura hat in den letzten Tagen vor ihrem
Verschwinden jemanden in ihrer Nähe gesehen.
Immer wieder, in der Nähe des Gasthauses, am
Strand, auf ihren Wanderungen. Sie war sich
sicher, dass es keine Einbildung war, aber sie
konnte der Person nie direkt begegnen."

Anna schauderte. „Und Marie hat ihr nicht geglaubt?"

„Offenbar nicht ernsthaft. Sie dachte, Laura sei einfach gestresst oder paranoid. Sie meinte, es sei nichts gewesen, das Laura so besorgt gemacht hätte, dass sie zur Polizei gegangen wäre. Aber jetzt..."

„Jetzt ist sie verschwunden", beendete Anna den Satz.

Die nächste Spur: Ein mysteriöser Zeuge

Nachdem sie die Informationen verdaut hatte, beschlossen Anna und Jürgen, die Gegend um das Gasthaus und den Pfad zum Leuchtturm erneut abzusuchen, diesmal systematischer und bei Tageslicht. Anna war überzeugt, dass es noch mehr Spuren geben musste, die sie übersehen hatten.

Während sie sich auf den Weg machten, begann der Nebel sich zu lichten, und das Dorf erwachte langsam. Einige Fischer waren auf dem Weg zu ihren Booten, und ein paar Touristen schlenderten am Hafen entlang, nichts ahnend, dass jemand von ihnen verschwunden war.

Als sie das Gasthaus erreichten, trat die Besitzerin – Frau Mattiesen – gerade vor die Tür. Sie sah überrascht aus, als sie Anna und Jürgen erblickte. „Was gibt es denn noch? Ich habe Ihnen doch schon alles gesagt", begann sie, doch Anna bemerkte einen flüchtigen Ausdruck in ihren Augen – war es Nervosität?

„Wir möchten nur noch ein paar weitere Fragen stellen", sagte Anna ruhig und trat näher. „Wissen Sie, ob Laura in den letzten Tagen vor ihrem Verschwinden mit jemandem gesprochen hat? Hat sie etwas Ungewöhnliches bemerkt? Vielleicht einen Besucher, der ihr auf der Insel fremd war?"

Frau Mattiesen überlegte, ihr Blick glitt kurz zur Seite, als versuche sie, etwas zu verbergen. „Sie war meistens allein unterwegs. Hat viel gelesen oder lange Spaziergänge gemacht. Aber..." Sie hielt inne.

„Aber?" Anna spürte, dass sie auf etwas stieß.

„Nun ja, da war dieser Mann", sagte die Besitzerin schließlich. „Ich habe ihn zwei- oder dreimal gesehen. Er stand immer nur da, als ob er auf jemanden wartete. Einmal ist Laura ihm begegnet, als sie zurückkam. Sie haben nicht miteinander gesprochen, aber..." Sie zögerte erneut.

„Was war mit ihm?" drängte Anna sanft.

„Es war merkwürdig. Er ist einfach weggegangen, als er sie gesehen hat. So, als ob er absichtlich nicht mit ihr reden wollte. Aber er kam immer wieder. Das hat mich beunruhigt."

Anna tauschte einen Blick mit Jürgen. Das passte zu dem Bild, das sie von Lauras Freundin Marie erhalten hatten. „Können Sie diesen Mann beschreiben?" fragte sie.

Frau Mattiesen nickte langsam. „Er war groß, schmal, trug immer einen alten grauen Mantel. Sein Gesicht habe ich nicht gut sehen können, weil er meistens eine Mütze tief ins Gesicht gezogen hatte. Er wirkte... verloren, irgendwie."

„Hat er hier auf der Insel gewohnt?" Jürgen schaltete sich ein.

„Ich glaube nicht. Zumindest nicht im Dorf. Ich kenne alle, die hier wohnen, und ihn habe ich nie vorher gesehen."

Eine neue Richtung der Ermittlungen

Dieser Zeuge war eindeutig wichtig. Anna beschloss, das Gasthaus zu verlassen und in die umliegenden Gebiete zu fahren, um die Einheimischen nach diesem Mann zu befragen. Ihre erste Anlaufstelle war der kleine Laden am Ortsrand, der nicht nur als Lebensmittelladen diente, sondern auch als Treffpunkt für die

Dorfbewohner. Wenn jemand etwas über Fremde wusste, dann war es der Ladeninhaber, Herr Thomsen.

Thomsen war ein beleibter Mann Mitte fünfzig, der die meiste Zeit seines Lebens auf Holnis verbracht hatte. Er war neugierig und hatte einen scharfen Blick, der Anna schon bei ihrer ersten Begegnung aufgefallen war.

„Dieser Mann im grauen Mantel“, begann sie, nachdem sie Thomsen ihre Notizen gezeigt hatte. „Haben Sie ihn gesehen?“

Thomsen schürzte die Lippen und kratzte sich nachdenklich am Kinn. „Könnte sein“, murmelte er schließlich. „Da war jemand, der vor ein paar Tagen hier war, hat sich aber nicht lange aufgehalten. Er wirkte... seltsam. Hat sich kaum umgesehen, hat nur ein paar Sachen gekauft und ist wieder verschwunden.“

„Was hat er gekauft?“ fragte Anna.

„Nur das Nötigste. Brot, Wasser, etwas Käse. Aber..." Thomsen beugte sich vor und sah Anna eindringlich an. „Er hatte diese Art an sich, als ob er nicht wollte, dass man ihn bemerkt. Aber das macht ihn eben auffällig."

„Hat er etwas gesagt?"

„Nein, kaum ein Wort. Nur bezahlt und gegangen."

Anna tauschte einen schnellen Blick mit Jürgen. „Haben Sie eine Ahnung, wo er hingegangen ist?"

Thomsen zuckte mit den Schultern. „Nein, aber ich habe gesehen, dass er in Richtung der Klippen marschiert ist. Vielleicht wollte er zelten oder so."

Die Spur führt zu einem abgelegenen Teil der Insel

Nachdem sie den Laden verlassen hatten, besprachen Anna und Jürgen ihre nächsten

Schritte. Die Beschreibung des Mannes und sein Verhalten passten zu dem Verdächtigen, der möglicherweise in Lauras Verschwinden verwickelt war. Aber warum war er hier? Was wollte er von ihr? Und wo war er jetzt?

„Wir sollten die abgelegenen Teile der Insel absuchen", schlug Jürgen vor. „Es gibt ein paar alte Fischerhütten und verlassene Häuser in der Gegend. Wenn er wirklich hier irgendwo war, könnte er sich dort versteckt halten."

Anna nickte zustimmend. „Wir haben keine Zeit zu verlieren."

Die beiden fuhren in die östliche Richtung der Insel, wo das Land wilder und unzugänglicher wurde. Hier gab es kaum noch Straßen, nur schmale Pfade, die sich durch die Heide und entlang der schroffen Klippen zogen. Der Wind peitschte stärker, und der Nebel hing immer noch wie ein Schleier über der Landschaft.

Die Entdeckung einer verlassenen Hütte

Nach stundenlanger Suche, in der sie kaum etwas Brauchbares fanden, entdeckten sie schließlich eine verfallene Hütte, die inmitten der Büsche verborgen lag. Sie war alt, die Fenster waren eingeschlagen, und das Dach war teilweise eingestürzt, doch Anna bemerkte sofort, dass der Boden um die Hütte herum kürzlich betreten worden war. Fußspuren im Matsch führten direkt zur Tür.

„Hier war jemand", sagte sie leise.

Jürgen zog seine Taschenlampe heraus und nickte. „Sieht so aus. Lass uns nachsehen."

Vorsichtig öffneten sie die knarrende Tür und traten ein. Das Innere war spartanisch, aber es war klar, dass vor Kurzem noch jemand hier gewesen war. Ein alter Schlafsack lag ausgebreitet auf dem Boden, daneben leere Flaschen und ein paar Essensreste. Es sah so aus, als wäre der Bewohner in Eile verschwunden.

„Vielleicht hat er uns kommen hören", murmelte Jürgen und leuchtete in die Ecken des Raumes.

Anna trat näher an das Fenster und spähte hinaus. Der Nebel lichtete sich gerade so weit, dass sie in der Ferne den Leuchtturm erblicken konnte, dessen Licht wie ein einsames Auge über die Küste strich. „Er hat sich hier versteckt. Aber warum?"

Sie gingen weiter durch die Hütte

und fanden schließlich einen Rucksack, der unter einer alten Decke versteckt lag. Anna öffnete ihn und fand einige persönliche Gegenstände darin: Kleidung, ein Messer und – zu ihrer Überraschung – ein Notizbuch.

„Was ist das?" Jürgen trat näher, als Anna
vorsichtig durch die Seiten blätterte. Es waren
wirre Aufzeichnungen, fast unleserlich, als ob sie
in großer Eile geschrieben worden waren. Doch
eine Seite erregte ihre Aufmerksamkeit.

„Sie wissen es. Sie kommen immer näher. Ich
muss verschwinden."

Anna las die Zeilen mehrmals. „Wer ist ‚sie'?"
fragte sie leise. „Und vor wem läuft er weg?"

Kapitel 5: Unter der Oberfläche

Neue Informationen und ein unruhiges Dorf

Anna hielt das Notizbuch in ihren Händen und spürte, wie sich ein Knoten in ihrem Magen bildete. Die wirren Aufzeichnungen, die hastig verfassten Zeilen und die Anzeichen dafür, dass der unbekannte Mann sich versteckt hielt, machten den Fall umso rätselhafter. Irgendetwas stimmte nicht auf dieser Insel – das war ihr von Anfang an klar gewesen. Aber jetzt fühlte es sich an, als ob das Netz aus Geheimnissen und Lügen immer dichter wurde.

Jürgen schien ihre Gedanken zu teilen. „Wenn dieser Mann von irgendjemandem gejagt wird oder glaubt, er werde verfolgt, dann erklärt das, warum er sich versteckt hält", sagte er, während er einen flüchtigen Blick auf das Notizbuch warf. „Aber wer sind diese ‚sie', vor denen er sich fürchtet?"

„Gute Frage", murmelte Anna und steckte das Notizbuch in ihre Tasche. „Wir sollten herausfinden, ob noch mehr Leute auf der Insel von diesem Mann wissen. Irgendjemand muss etwas gesehen haben. Wir gehen zurück ins Dorf und fragen herum."

Als sie die verfallene Hütte verließen, legte sich die beklemmende Stille der Umgebung wieder über sie. Der Nebel lichtete sich langsam, doch die Luft blieb schwer, als ob die Insel selbst eine düstere Last mit sich trug.

Begegnung mit den Inselbewohnern

Zurück im Dorf schien die Stimmung verändert. Es war nicht nur der Nebel, der sich lichtete – es war, als ob die Dorfbewohner plötzlich aufmerksamer wurden. Anna und Jürgen fielen auf, die Blicke der Einwohner waren misstrauisch, als ob sie mehr wussten, als sie zugeben wollten. Als Anna den kleinen Marktplatz überquerte, sah sie mehrere Leute, die miteinander flüsterten und ihre Blicke schnell abwendeten, als sie vorbeiging.

„Die Leute scheinen nervös zu sein", stellte Jürgen fest und zog eine Augenbraue hoch. „Haben wir etwas verpasst?"

„Es fühlt sich an, als ob sie uns beobachten, genauso wie dieser Mann Laura beobachtet hat", erwiderte Anna nachdenklich. „Wir müssen vorsichtig sein. Ich habe das Gefühl, dass uns etwas verschwiegen wird."

Sie beschlossen, noch einmal in den kleinen Laden zu gehen, in dem sie zuvor Herrn Thomsen nach dem verdächtigen Mann befragt hatten. Thomsen stand hinter der Theke und schien überrascht, sie zu sehen. „Ihr schon wieder?" fragte er und deutete mit dem Kopf in Richtung der wenigen Kunden, die im Laden waren. „Habe ich euch nicht alles gesagt, was ich weiß?"

„Wir sind hier, um ein paar weitere Fragen zu stellen", entgegnete Anna freundlich, aber bestimmt. „Es gibt jemanden, der sich auf der Insel versteckt hält. Ein Mann, von dem wir glauben, dass er Laura Brandt verfolgt hat. Wir haben Hinweise darauf gefunden, dass er sich in der Nähe der Klippen versteckt hat."

Thomsen runzelte die Stirn. „Dieser Typ, von dem ich euch erzählt habe? Im grauen Mantel?"

„Genau der", bestätigte Jürgen. „Haben Sie noch irgendetwas an ihm bemerkt, als er hier war? Hat er mit jemandem gesprochen?"

Thomsen sah sich kurz um, als wolle er sicherstellen, dass niemand mithörte, dann beugte er sich leicht vor. „Er war nicht sehr gesprächig, aber... da war etwas. Einmal, als er gerade den Laden verließ, hat er auf sein Handy gesehen und schien ziemlich nervös. Ich habe einen Teil des Gesprächs mitbekommen. Es klang, als ob er jemandem ausweichen wollte. Hat irgendwas gemurmelt von ‚sie werden mich finden, wenn ich bleibe'."

Anna horchte auf. „Hat er gesagt, wer ihn finden würde?"

„Nein, nichts Genaues", sagte Thomsen, „aber er klang wirklich besorgt. Ich habe gedacht, er sei vielleicht nur ein Verrückter oder jemand, der Probleme hat. Auf Holnis kommen manchmal Leute, die vor etwas flüchten. Die Einsamkeit der Insel zieht solche Leute an, wisst ihr."

„Und Sie sind sicher, dass er nicht hier im Dorf wohnt?" fragte Jürgen noch einmal.

Thomsen schüttelte den Kopf. „Er ist nicht von hier. Das kann ich mit Sicherheit sagen."

Eine unerwartete Begegnung

Als Anna und Jürgen den Laden verließen, bemerkte Anna eine ältere Frau, die sich in der Nähe des Marktplatzes mit einigen anderen Bewohnern unterhielt. Es war Frau Petersen, eine langjährige Einwohnerin, die jeden auf der Insel kannte. Anna hatte sie bereits einige Male getroffen und wusste, dass sie über ein scharfes Auge und noch schärferes Gehör verfügte. Sie beschloss, es zu wagen.

„Frau Petersen", begrüßte Anna sie freundlich und trat näher. „Darf ich Ihnen kurz ein paar Fragen stellen?"

Die alte Frau sah sie skeptisch an, nickte aber schließlich. „Was möchten Sie wissen, Kommissarin?"

„Wir suchen nach einem Mann, der sich in letzter Zeit merkwürdig verhalten hat. Er trägt oft einen grauen Mantel und scheint sich auf der Insel versteckt zu halten. Ist Ihnen jemand aufgefallen, der nicht hierher zu gehören scheint?"

Frau Petersen überlegte eine Weile, ihre Augen schmal, als ob sie tief in ihren Erinnerungen suchte. „Ja, ich erinnere mich an jemanden, der in den letzten Tagen öfter am Hafen war", sagte sie langsam. „Er stand immer am Rand, weit weg von den anderen, und hat auf die Boote gestarrt. Er sah aus, als ob er auf etwas wartete."

„Auf was könnte er gewartet haben?" fragte Anna, fasziniert von dieser neuen Spur.

„Ich weiß es nicht", antwortete Frau Petersen, „aber eines Tages habe ich gesehen, wie er mit einem der alten Fischer gesprochen hat. Er wollte offensichtlich etwas von ihm, denn die beiden haben sehr ernst miteinander geredet."

„Welcher Fischer war das?" Anna spürte, dass sie etwas Wichtiges erfahren hatte.

„Hannes", sagte Frau Petersen, „der alte Hannes, der die Netze am südlichen Strand flickt. Er redet nicht viel, aber wenn Sie ihn finden, wird er Ihnen vielleicht etwas sagen."

Ein Besuch bei Hannes, dem Fischer

Anna und Jürgen machten sich sofort auf den Weg zum südlichen Strand, wo sie Hannes hofften, bei der Arbeit zu finden. Der alte Fischer war eine lokale Legende – in seiner Jugend hatte er auf den gefährlichsten Fischkuttern der Nordsee gearbeitet, und er galt als zäher, aber wortkarger Mann, der sich aus den Angelegenheiten des Dorfes heraushielt.

Als sie den Strand erreichten, sahen sie ihn in der Ferne, wie er geduldig ein großes Netz flickte. Seine Hände bewegten sich ruhig und routiniert, und der Wind blies ihm durch die schütteren grauen Haare. Anna trat vorsichtig näher.

„Hannes?" rief sie, als sie näherkamen.

Der alte Mann sah auf, seine klaren blauen Augen musterten sie aufmerksam, aber ohne Eile. „Kommissarin", begrüßte er sie mit einem Nicken. „Was kann ich für Sie tun?"

Anna setzte sich neben ihn auf einen umgekippten Fischerboot, während Jürgen daneben stehen blieb. „Uns wurde erzählt, dass Sie vor ein paar Tagen mit einem Mann gesprochen haben, der nicht von der Insel ist. Ein Mann in einem grauen Mantel."

Hannes hielt inne und legte das Netz zur Seite. „Das stimmt", sagte er langsam. „Er hat mich gefragt, ob ich ihn von der Insel bringen kann. Hat mir sogar Geld angeboten."

Anna hob die Augenbrauen. „Er wollte fliehen?"

Hannes nickte. „Ja. Er war sehr nervös, sagte, er müsse weg, und zwar schnell. Aber ich habe abgelehnt."

„Warum haben Sie abgelehnt?" fragte Jürgen.

„Ich habe in seinen Augen etwas gesehen", antwortete Hannes ruhig. „Etwas Dunkles. Es war kein einfacher Mann auf der Flucht. Er hat etwas Schlimmes getan, das konnte ich sehen. Ich wollte nichts mit ihm zu tun haben."

„Hat er Ihnen gesagt, warum er fliehen wollte?" Anna versuchte, nicht zu viel von ihrer eigenen Aufregung preiszugeben.

„Er hat etwas gemurmelt von Leuten, die ihn jagen, aber er wollte mir keine Einzelheiten verraten. Nur, dass er nicht länger hierbleiben konnte." Hannes schüttelte den Kopf. „Ich habe

ihm geraten, zur Polizei zu gehen, aber das hat
ihn nur noch nervöser gemacht."

„Wann haben Sie ihn zuletzt gesehen?" fragte
Anna.

„Vor zwei Tagen, am späten Abend. Er war am
Hafen, hat sich versteckt, als ob er auf ein Boot
gewartet hätte. Aber ich habe ihm klar gesagt,
dass keiner der Fischer ihn mitnimmt. Seitdem
habe ich ihn nicht mehr gesehen."

Anna lehnte sich zurück und dachte nach. „Wenn
er nicht von den Fischern weggebracht wurde,
dann muss er sich immer noch auf der Insel
verstecken."

Die Vermisstenfälle und das größere Bild

Während sie über Hannes' Aussagen nachdachte, dämmer

te Anna langsam, dass dieser Fall weit über das Verschwinden von Laura hinausgehen könnte. Der Mann im grauen Mantel war offensichtlich in etwas viel Größeres verwickelt, und die Tatsache, dass er sich so verzweifelt versteckte, deutete darauf hin, dass er vor mehr als nur der Polizei flüchtete.

„Was, wenn er der Schlüssel zu all den anderen Vermisstenfällen ist?" spekulierte sie, als sie und Jürgen zurück zur Station gingen. „Wir haben einige ungelöste Fälle von Touristen und Durchreisenden, die einfach verschwunden sind. Vielleicht steckt er dahinter."

„Aber warum?" fragte Jürgen. „Warum würde er Frauen verfolgen und verschwinden lassen?"

„Das ist die Frage", erwiderte Anna. „Aber wir müssen ihn finden, bevor er noch jemandem schaden kann."

Ein neues Ziel

Zurück im Revier setzte Anna sich an ihren Schreibtisch und begann, alle bisher gesammelten Hinweise systematisch zusammenzutragen. Sie hatte das Gefühl, dass sie einem größeren Geheimnis auf der Spur war, einem, das weit in die Vergangenheit der Insel zurückreichte.

Jürgen machte sich daran, eine größere Suchaktion nach dem Mann zu organisieren. Doch Anna war sich bewusst, dass sie schnell handeln mussten. Der Mann im grauen Mantel war verzweifelt, und verzweifelte Menschen waren gefährlich.

Während sie in die untergehende Sonne blickte, wusste Anna, dass die kommende Nacht entscheidend sein würde. Sie musste den Mann finden, bevor er noch tiefer in den Schatten der Insel verschwinden konnte.

Kapitel 6: Die Begegnung im Nebel

Die Nacht bricht an

Die Sonne war bereits untergegangen, und die
Dunkelheit legte sich über die Insel, als Anna
nach einem langen Tag ins Revier zurückkehrte.
Der Nebel, der sich am Morgen noch etwas
gelichtet hatte, kroch nun wieder vom Meer über
das Land, als ob er die Insel in einem dichten,
undurchdringlichen Schleier hüllen wollte. Die
Straßen waren leer, und nur vereinzelt sah sie
Lichter in den Fenstern der Häuser, die an
diesem kühlen Abend Wärme versprachen. Doch
für Anna gab es keine Ruhe, kein Zurücklehnen –
der Fall war nun dringlicher denn je.

Der Mann im grauen Mantel, der sich auf der
Insel versteckte, war mehr als nur ein
Verdächtiger im Fall von Laura Brandts
Verschwinden. Je tiefer sie in die Geheimnisse
der Insel eintauchte, desto mehr erkannte sie,
dass dieser Fall nicht isoliert war. Es gab eine
Verbindung zwischen den alten Vermisstenfällen,
die sich über Jahre erstreckten, und dem, was

jetzt geschah. Und dieser Mann schien der Schlüssel zu allem zu sein.

Die Suche wird intensiviert

Nachdem sie alle bisher gesammelten Informationen überprüft hatte, besprach Anna mit Jürgen und den anderen Beamten, dass die Suche nach dem Mann im grauen Mantel intensiviert werden musste. Eine systematische Durchsuchung der abgelegenen Gebiete der Insel wurde organisiert. Fischerboote würden die Küstenlinie absuchen, während Polizeiteams die unzugänglichen Teile der Insel durchkämmen würden.

„Wir müssen ihn finden, bevor er entkommt", sagte Anna entschlossen, während sie die Karte der Insel betrachtete. „Er hat uns lange genug aus der Ferne beobachtet. Jetzt sind wir die Jäger."

Jürgen nickte zustimmend. „Wir haben alle verfügbaren Leute mobilisiert. Wir werden jede Ecke der Insel absuchen."

„Gut", sagte Anna, doch ein Teil von ihr konnte das Unbehagen nicht abschütteln. Sie hatte das Gefühl, dass sie sich auf ein Netz aus Intrigen und Dunkelheit zubewegte, das weit tiefer ging, als sie ursprünglich angenommen hatte.

Die Anspannung im Dorf

Während sich die Teams auf die Suche vorbereiteten, kehrte Anna noch einmal ins Dorf zurück, um letzte Vorbereitungen zu treffen. Der Nebel hatte sich jetzt fast vollständig über das Land gelegt, und die ohnehin kleine Welt von Holnis schien noch enger, noch abgeschlossener zu sein. Die Straßen waren still, keine Gespräche, keine Bewegungen – nur das Geräusch des Windes, der durch die kahlen Bäume fegte.

In der Dorfkneipe leuchtete noch ein schwaches Licht, und Anna entschied sich, kurz hineinzusehen. Die Luft in der Kneipe war warm, ein scharfer Kontrast zur Kälte draußen, doch die Atmosphäre war angespannt. Ein paar Einheimische saßen an den Tischen, ihre Gespräche verstummten, als Anna den Raum betrat. Ihre Blicke waren kühl, abwartend, und Anna konnte das Misstrauen in der Luft spüren.

Sie setzte sich an die Theke, wo der Wirt, ein älterer Mann mit schütteren Haaren, ihr mit einem skeptischen Blick ein Bier hinstellte. „Was führt die Polizei zu uns?" fragte er in einem Ton, der zeigte, dass er die Antwort wahrscheinlich schon kannte.

„Die Suche nach einem Mann, der sich auf der Insel versteckt", sagte Anna ohne Umschweife. „Ihr habt vielleicht von ihm gehört – groß, grauer Mantel. Er hat sich oft in der Nähe des Hafens aufgehalten."

Der Wirt schnaubte leise. „Wir hören viele Dinge, aber auf dieser Insel halten wir uns aus fremden Angelegenheiten raus."

„Diese Angelegenheit betrifft uns alle", sagte Anna scharf. „Eine Frau ist verschwunden, und es könnte noch mehr passieren."

Der Wirt schüttelte den Kopf und lehnte sich näher. „Das ist nicht das erste Mal, dass jemand hier verschwindet", sagte er leise. „Und ich bezweifle, dass es das letzte Mal sein wird."

Anna spürte, wie ihr Puls schneller wurde. „Was wissen Sie?" fragte sie und sah ihn direkt an.

Der Wirt zuckte mit den Schultern. „Nicht viel. Aber es gibt Gerüchte – schon immer. Die Insel hat ihre Geheimnisse, Kommissarin. Und manche davon sind besser unentdeckt."

„Was für Geheimnisse?" Anna ließ nicht locker.

Doch der Wirt schwieg. Er wischte weiter mechanisch die Theke, als wäre das Gespräch für ihn beendet. Anna verstand, dass sie hier nicht weiterkommen würde. Nicht jetzt.

Der Beginn der Suche

Zurück im Revier war die Suche mittlerweile in vollem Gange. Die Polizeiteams hatten sich aufgeteilt, und die ersten Berichte kamen über Funk herein – keine Spur des Mannes. Anna, die ebenfalls draußen mit einem Team unterwegs war, lauschte dem knisternden Funkgerät, während sie mit Jürgen durch die dichten Nebelschwaden fuhr.

„Was, wenn er die Insel schon verlassen hat?" fragte Jürgen, als sie über die schmale Straße entlang der Klippen fuhren.

„Unwahrscheinlich", sagte Anna und blickte in die undurchdringliche Dunkelheit. „Die Fischer haben ihn nicht mitgenommen, und bei diesem Wetter wäre es schwer, die Insel unbemerkt zu verlassen."

Sie fuhren weiter, die Scheinwerfer des Wagens durchschnitten die dichte Nebeldecke, während sie die entlegenen Gebiete absuchten. Die Spannung war greifbar, und Anna konnte das

Gefühl nicht abschütteln, dass sie nicht allein waren – dass jemand sie beobachtete. Der Mann im grauen Mantel hatte sie lange genug im Schatten beobachtet. Jetzt war es an ihnen, ihn aus seinem Versteck zu holen.

Ein mysteriöses Geräusch im Nebel

Als sie die Straße entlangfuhren, erfasste Annas Blick eine Bewegung am Straßenrand – etwas oder jemand huschte durch den Nebel, kaum sichtbar, aber genug, um ihren Puls in die Höhe zu treiben.

„Hast du das gesehen?" fragte sie Jürgen und bremste abrupt ab.

Jürgen nickte. „Ja, da war was."

Sie stiegen beide aus dem Wagen, Taschenlampen in den Händen, und gingen vorsichtig auf die Stelle zu, an der sie die Bewegung gesehen hatten. Der Nebel war dicht und schwer, die Luft klamm, und jeder Schritt auf dem feuchten Boden schien lauter zu klingen, als er sollte.

Plötzlich ertönte ein Geräusch – ein leises Rascheln, gefolgt von einem dumpfen Knall, als ob etwas in der Nähe zu Boden gefallen war. Anna erstarrte. Sie richtete ihre Taschenlampe auf den Boden und sah, dass sie am Rand der Klippen standen. Der Abgrund war tief, und unten schlugen die Wellen unablässig gegen die Felsen.

„Vorsichtig", flüsterte Jürgen.

Sie gingen weiter, und dann sahen sie es – im Nebel, knapp an der Kante der Klippen, eine Gestalt. Der Mann im grauen Mantel. Er stand mit dem Rücken zu ihnen, seine Schultern gebeugt, als ob er etwas in der Tiefe der Klippen betrachtete.

„Bleiben Sie stehen!" rief Anna, ihre Stimme schnitt durch die Stille der Nacht.

Der Mann drehte sich langsam um, doch statt zu
fliehen oder zu kämpfen, blieb er reglos stehen.
Sein Gesicht war im Schatten des Mantels
verborgen, und seine Haltung wirkte erschöpft,
fast resigniert. Es war, als ob er wusste, dass das
Ende gekommen war.

„Drehen Sie sich um und kommen Sie langsam
auf uns zu", sagte Anna und trat vorsichtig näher.

„Ihr seid zu spät", sagte der Mann plötzlich, seine
Stimme rau und leise, als ob er lange nicht
gesprochen hatte.

„Was meinen Sie damit?" Anna hielt inne,
überrascht von seiner ruhigen Reaktion.

„Es ist vorbei", murmelte er und machte einen
Schritt zurück, näher an den Rand der Klippen.

Anna spürte, wie sich der Boden unter ihren
Füßen zu bewegen schien. „Halt! Sie müssen

nicht springen. Wir können Ihnen helfen. Aber Sie müssen uns sagen, was passiert ist."

Der Mann lachte bitter. „Ihr versteht es nicht. Es ist zu spät. Sie werden kommen."

„Wer wird kommen?" fragte Jürgen scharf.

„Die, vor denen ich geflohen bin", flüsterte der Mann. „Sie sind überall. Sie haben es immer gewusst."

Die letzte Warnung

Anna trat noch einen Schritt vor, spürte den kalten Wind von den Klippen an ihrem Gesicht, während der Nebel um sie herumwirbelte. „Wer sind sie? Warum haben Sie Laura verfolgt? Was hat sie damit zu tun?"

Der Mann im grauen Mantel sah sie an, seine Augen müde und leer. „Sie hat es herausgefunden. Sie hat gesehen, was sie nicht sehen sollte. Aber es war nicht nur sie. Es sind mehr... und sie werden auch verschwinden. Genau wie die anderen.“

„Was meinen Sie damit?“ Annas Stimme war fordernd. „Was hat sie herausgefunden?“

„Die Insel...“ Der Mann machte eine vage Geste in Richtung des Dorfes. „Es ist die Insel. Sie hat uns alle verändert. Die Leute hier wissen es, aber sie sagen nichts. Sie schauen nur weg.“

Bevor Anna oder Jürgen noch etwas sagen konnten, machte der Mann einen letzten Schritt zurück. Ein Schrei ertönte, als er in die Tiefe stürzte, und das Geräusch seines Aufpralls wurde sofort vom Tosen der Wellen verschluckt.

Anna starrte in die Dunkelheit, unfähig, sich zu bewegen. Der Mann, der möglicherweise der Schlüssel zu allem war, war tot. Und mit ihm waren die Antworten, nach denen sie gesucht hatten, verschwunden.

„Verdammt", murmelte Jürgen leise. „Was war
das?"

„Ich weiß es nicht", flüsterte Anna und trat einen
Schritt zurück. „Aber es wird noch schlimmer.
Wir müssen herausfinden, was hier wirklich los
ist."

Ein düsteres Ende und eine neue Richtung

Sie gingen langsam zurück zum Wagen, die
Anspannung in der Luft war fast greifbar. Der
Mann im grauen Mantel war verschwunden, aber
die Bedrohung, von der er gesprochen hatte, war
noch da. Die Insel war nicht nur der Schauplatz
eines Verbrechens – sie selbst schien ein Teil des
Mysteriums zu sein. Und Anna wusste, dass dies
erst der Anfang war.

Als sie schließlich ins Revier zurückkehrten, war
der Nebel noch dichter geworden, und die Nacht
schien dunkler als je zuvor. Die anderen Teams
hatten nichts gefunden, und es gab keine Spur
von weiteren Beteiligten.

Anna setzte sich an ihren Schreibtisch und betrachtete die Karte der Insel. Der Mann hatte von einem größeren Geheimnis gesprochen, einem Geheimnis, das die Insel und ihre Bewohner betraf. Und Laura Brandt hatte etwas herausgefunden – etwas, das sie das Leben gekostet haben könnte.

Anna wusste, dass sie in den kommenden Tagen tiefer graben musste. Die Insel hatte ihre Geheimnisse lange genug verborgen. Jetzt war es an der Zeit, sie ans Licht zu bringen.

Kapitel 7: Gefährliche Verbindungen

Die Nachwirkungen des Vorfalls

Nach dem Sturz des Mannes im grauen Mantel von den Klippen schien die Stimmung auf der Insel noch bedrohlicher. Der Nebel, der sich über die gesamte Landschaft legte, fühlte sich für Anna wie eine Manifestation der Geheimnisse an, die Holnis verbarg. Die Polizei setzte ihre Suche am Morgen fort, um die Leiche des Mannes zu bergen, doch der Sturm, der über Nacht aufgezogen war, hatte das Meer so rau gemacht, dass es keine sichere Möglichkeit gab, die Klippen hinunterzusteigen.

Anna und Jürgen kehrten müde ins Revier zurück, ohne Antworten und mit einem neuen Gefühl der Dringlichkeit. Der Tod des Mannes ließ sie mit mehr Fragen zurück, als sie zuvor gehabt hatten, und Anna war fest entschlossen, die tieferen Verbindungen auf der Insel zu verstehen.

„Es muss noch jemanden geben, der ihm geholfen hat", murmelte sie zu Jürgen, während sie in die Karte der Insel starrte. „Er konnte sich nicht allein so lange versteckt halten. Und was immer er gewusst hat, war wichtig genug, um ihn dazu zu bringen, in den Tod zu springen."

„Wenn er wirklich geglaubt hat, dass ‚sie' kommen würden, dann ist die Frage: Wer sind ‚sie'?" Jürgen nickte zustimmend, lehnte sich zurück und massierte sich die Schläfen. „Wir müssen tiefer graben. Vielleicht war Laura nicht das erste Opfer, das etwas herausgefunden hat."

„Genau. Wir müssen uns die alten Vermisstenfälle erneut ansehen", sagte Anna und öffnete eine Akte auf ihrem Computer. „Es gibt Muster, die wir bisher nicht gesehen haben."

Die alten Vermisstenfälle

Holnis war ein kleiner, abgelegener Ort, und in den letzten Jahrzehnten hatte es eine ungewöhnlich hohe Zahl von Vermisstenfällen gegeben, die nie vollständig aufgeklärt worden waren. Die meisten der Vermissten waren Touristen oder Reisende, die kurz auf der Insel Halt gemacht hatten, um dann spurlos zu verschwinden. Doch ein tieferer Blick in die Akten zeigte ein auffälliges Muster: Alle Vermissten hatten in den Tagen vor ihrem Verschwinden Orte aufgesucht, die als einsam oder verlassen galten – die Klippen, den alten Leuchtturm, die verlassenen Fischerhütten.

Anna scrollte durch die Berichte. „Die meisten dieser Fälle sind nie aufgeklärt worden, weil es keine Spuren gab, die ins Festland zurückführten. Die meisten Leute dachten, sie seien einfach ertrunken oder hätten die Insel unbemerkt verlassen. Aber was, wenn es mehr ist?"

„Was, wenn sie alle etwas entdeckt haben?" Jürgen klang nun ebenfalls alarmiert. „Was, wenn sie genau wie Laura in ein Geheimnis geraten sind, das sie nicht überleben konnten?"

„Die Insel hat eine dunkle Vergangenheit", sagte
Anna, während sie die ältesten Berichte las.
„Hier ist etwas sehr Merkwürdiges passiert. Die
Menschen scheinen zu wissen, dass etwas nicht
stimmt, aber sie schweigen. Wie der Mann im
grauen Mantel sagte – sie schauen einfach weg."

Jürgen nickte, doch dann schien ihm etwas
einzufallen. „Wir haben noch einen
entscheidenden Punkt außer Acht gelassen",
sagte er. „Laura Brandts Freundin, Marie Weiler.
Sie war die Letzte, die Laura lebend gesehen hat,
und sie hat uns bereits einige Hinweise gegeben.
Vielleicht weiß sie mehr, als sie uns gesagt hat."

„Ich stimme zu", sagte Anna. „Es ist Zeit, noch
einmal mit ihr zu sprechen."

Das Gespräch mit Marie Weiler

Anna und Jürgen nahmen Kontakt mit Marie
Weiler auf und vereinbarten ein Treffen in
Hamburg, wo Marie nach ihrem Urlaub auf Holnis
zurückgekehrt war. Marie hatte bereits erwähnt,
dass Laura sich beobachtet gefühlt hatte, aber

Anna hatte den Eindruck, dass Marie nicht die ganze Wahrheit gesagt hatte.

Als sie in einem Café im Zentrum von Hamburg saßen, wirkte Marie sichtlich nervös. Ihre Hände zitterten leicht, als sie ihre Kaffeetasse umklammerte. „Ich weiß, warum ihr hier seid", begann sie, ohne dass Anna oder Jürgen eine Frage gestellt hatten. „Es geht um Laura."

Anna nickte. „Genau. Du hast uns erzählt, dass Laura in den Tagen vor ihrem Verschwinden unruhig war und sich beobachtet gefühlt hat. Aber wir glauben, dass es noch mehr gibt, was du uns nicht gesagt hast."

Marie seufzte schwer und sah sich im Café um, als ob sie sicherstellen wollte, dass niemand zuhören konnte. „Ich wusste nicht, was ich tun sollte", sagte sie schließlich. „Laura hat angefangen, mir merkwürdige Dinge zu erzählen. Sie meinte, dass sie etwas entdeckt hätte, als sie alleine die Insel erkundete. Etwas, das... nun ja, das die Einheimischen verbergen."

„Was genau hat sie entdeckt?" fragte Anna, die
jetzt auf der Stuhlkante saß.

„Ich weiß es nicht genau", sagte Marie leise.
„Laura wollte es mir nicht sagen, weil sie dachte,
ich würde sie für verrückt halten. Aber sie sprach
von alten Geschichten, die die Dorfbewohner
erzählten, von einem Teil der Insel, den man
besser meiden sollte."

„Welcher Teil der Insel?" fragte Jürgen.

„Der alte Leuchtturm", sagte Marie und
schluckte. „Laura meinte, dass sie dort etwas
gesehen hat. Etwas, das sie nicht verstehen
konnte. Sie war sich sicher, dass die
Inselbewohner davon wussten, aber sie haben es
vor allen verborgen. Sie dachte, dass es etwas
Gefährliches war."

„Und das war kurz bevor sie verschwunden ist?"
Anna lehnte sich zurück und verarbeitete diese
neuen Informationen.

Marie nickte. „Ja. Sie wollte am nächsten Tag zurück zum Leuchtturm gehen, um weiter nach Hinweisen zu suchen. Aber ich hatte schon mein Ticket zurück nach Hamburg gebucht und konnte nicht bleiben. Als ich abgereist bin, war sie noch dort... und das war das letzte Mal, dass ich von ihr gehört habe."

„Warum hast du uns das nicht früher gesagt?" fragte Jürgen, sein Ton war ruhiger, als Anna es erwartet hatte. Sie konnten Marie nicht verurteilen – die junge Frau schien wirklich verängstigt zu sein.

„Ich hatte Angst", flüsterte Marie. „Was immer Laura gesehen hat, es hat sie in Gefahr gebracht. Und ich wusste nicht, wie ich euch das erklären sollte, ohne dass es verrückt klingt."

„Es klingt nicht verrückt", sagte Anna fest. „Es gibt mehr Leute, die etwas über den Leuchtturm wissen. Wir müssen zurück nach Holnis und herausfinden, was Laura dort entdeckt hat."

Zurück auf der Insel richtete sich Annas ganze Aufmerksamkeit auf den alten Leuchtturm, den Marie erwähnt hatte. Der Leuchtturm war seit Jahren nicht mehr in Betrieb, ein verlassener, windgepeitschter Ort, der immer wieder von dichten Nebelschwaden umgeben war. Es gab Gerüchte im Dorf, dass der Leuchtturm verflucht sei, aber niemand sprach offen darüber.

„Wir müssen die Geschichte des Leuchtturms durchleuchten", sagte Anna, als sie und Jürgen sich darauf vorbereiteten, den Ort zu untersuchen. „Wenn Laura dort etwas entdeckt hat, das sie in Gefahr gebracht hat, dann könnte es uns den entscheidenden Hinweis geben."

Der Leuchtturm war von der Inselgemeinschaft so gut wie vergessen. Es war ein Ort, der von niemandem mehr betreten wurde – zumindest offiziell. Als Anna und Jürgen jedoch den alten Pfad entlanggingen, der zum Leuchtturm führte, bemerkte Anna frische Fußspuren im Matsch.

„Wir sind nicht die Ersten, die hierherkommen", murmelte sie, als sie den Weg hinaufgingen. Der Wind pfiff um die hohen Mauern des Turms, und das Quietschen des rostigen Metalltors, das sich langsam öffnete, verstärkte die unheimliche Atmosphäre.

Die Entdeckung im Leuchtturm

Im Inneren des Leuchtturms war es feucht und modrig, das Licht ihrer Taschenlampen schnitt durch die Dunkelheit und ließ die Schatten an den Wänden tanzen. Der Raum war leer, abgesehen von alten Möbeln und ein paar verrotteten Seilen, die an die Zeiten erinnerten, als hier noch Schiffe gewarnt wurden.

Doch Anna spürte, dass hier etwas nicht stimmte. Der Boden war aufgewühlt, und als sie genauer hinsah, entdeckte sie, dass eine der Bodenplatten verschoben war.

„Sieh dir das an", flüsterte sie und zeigte auf die Platte. Gemeinsam hoben sie sie an und entdeckten einen schmalen Schacht, der nach unten in die Tiefe führte.

„Da unten ist etwas", sagte Jürgen und richtete seine Taschenlampe in den Schacht.

„Das ist der Ort, den Laura entdeckt haben muss", murmelte Anna. „Das Geheimnis des Leuchtturms."

Eine verborgene Kammer

Sie kletterten vorsichtig die schmalen, steinernen Stufen hinunter und landeten in einer verborgenen Kammer unterhalb des Leuchtturms. Es war ein Raum, der seit Jahrzehnten nicht mehr betre

ten worden zu sein schien, doch in der Ecke des Raumes entdeckte Anna etwas, das ihr Herz schneller schlagen ließ: Eine alte Truhe, halb vergraben im Staub.

„Was zum Teufel ist das?" flüsterte Jürgen, als sie näher traten.

Anna öffnete die Truhe langsam, und der Anblick, der sich ihnen bot, ließ ihr den Atem stocken. In der Truhe lagen alte Dokumente, Karten der Insel und – was noch schockierender war – persönliche Gegenstände von Vermissten, die auf der Insel verschwunden waren.

„Das ist es", sagte Anna atemlos. „Das ist, was Laura entdeckt hat. Die Beweise für die Vermisstenfälle... sie waren die ganze Zeit hier."

Aber das war noch nicht alles. In der Truhe befanden sich auch Briefe – Briefe, die andeuteten, dass es auf der Insel eine Gruppe von Menschen gab, die seit Jahrzehnten die Verschwundenen verdeckt hatten. Eine geheime Gemeinschaft, die die Insel kontrollierte und diejenigen zum Schweigen brachte, die zu viel wussten.

„Das erklärt alles", murmelte Anna, als sie die Briefe durchblätterte. „Das ist das, wovor der Mann im grauen Mantel geflohen ist. Die Inselbewohner – sie wissen es."

„Das bedeutet, wir haben es mit einer Verschwörung zu tun", sagte Jürgen, während er die Briefe betrachtete. „Sie haben Menschen verschwinden lassen, um ihre Geheimnisse zu schützen."

Anna nickte. „Und Laura war die Letzte, die etwas herausgefunden hat. Aber jetzt wissen wir es auch. Und wir werden nicht aufhören, bis wir die Wahrheit ans Licht gebracht haben."

Kapitel 8: Die stürmische Nacht

Die Entdeckung wiegt schwer

Zurück im Revier lagen die Dokumente und Beweise vor Anna und Jürgen ausgebreitet. Der Fund im Leuchtturm hatte den Fall in eine völlig neue Richtung gelenkt. Eine jahrzehntelange Vertuschung, eine geheime Gemeinschaft auf Holnis, die Menschen verschwinden ließ – und Laura Brandt hatte dieses Geheimnis entdeckt. Es war nicht nur ein Mordfall, den sie hier vor sich hatten, sondern ein System aus Lügen und Angst, das die ganze Insel zu durchdringen schien.

„Das erklärt, warum niemand mit uns reden wollte", sagte Jürgen, als er eine der alten Karten der Insel untersuchte, die sie im Leuchtturm gefunden hatten. „Die Inselbewohner wissen, was hier vor sich geht, aber sie haben Angst, die Wahrheit zu verraten."

„Oder sie stecken selbst tief mit drin", erwiderte Anna düster. „Die Frage ist, wie weit reicht diese

Verschwörung? Wie viele Menschen sind daran beteiligt?"

Sie beide wussten, dass sie auf gefährliches Terrain geraten waren. Die Enthüllung dieser Beweise bedeutete, dass sie nun selbst im Visier dieser Gruppe standen. Es war nur eine Frage der Zeit, bis die Inselbewohner merkten, dass sie zu viel herausgefunden hatten.

Der Sturm zieht auf

Während sie die Dokumente durchgingen, begann es draußen zu donnern. Ein Sturm zog auf, und die Fenster des Reviers vibrierten unter dem Winddruck. Der Wetterbericht hatte schwere Regenfälle und starke Winde vorhergesagt, aber die Wucht, mit der der Sturm plötzlich über die Insel hereinbrach, überraschte selbst die Einheimischen.

„Das Wetter ist genauso düster wie diese Insel", murmelte Jürgen, als er einen Blick nach draußen warf. „Der Sturm wird die nächsten Stunden andauern, vielleicht sogar die ganze Nacht."

„Wir haben keine Zeit, auf besseres Wetter zu warten", sagte Anna entschieden. „Wir müssen herausfinden, wer diese Gemeinschaft anführt und wer noch involviert ist."

Doch kaum hatte sie das gesagt, als das Telefon im Revier klingelte. Jürgen nahm den Hörer ab, und Anna beobachtete, wie sein Gesicht sich verhärtete, während er zuhörte.

„Das war die Küstenwache", sagte er, nachdem er aufgelegt hatte. „Sie haben eine Leiche angespült am südlichen Strand gefunden. Es könnte der Mann im grauen Mantel sein."

„Verdammt", murmelte Anna. „Wir müssen hinfahren und das überprüfen. Vielleicht hat er noch etwas bei sich, das uns weiterhilft."

Am südlichen Strand

Die Fahrt zum südlichen Strand war schwierig. Der Sturm hatte die Straßen in matschige Pisten verwandelt, und der Regen peitschte ihnen entgegen, als sie den Geländewagen durch die engen Wege steuerten. Der Wind war so stark, dass die Bäume sich bogen, und die Scheinwerfer des Wagens konnten kaum den Weg vor ihnen erhellen.

Als sie den Strand erreichten, stand bereits ein Team der Küstenwache dort, die in Regenmäntel gehüllt die Leiche untersuchten. Der Körper war schwer mit Algen bedeckt, und es war schwer zu erkennen, ob es sich wirklich um den Mann im grauen Mantel handelte. Doch als sie nähertraten, erkannte Anna den alten Mantel sofort.

„Das ist er", sagte sie leise. „Der Mann, der vor uns in den Tod gesprungen ist."

Die Beamten der Küstenwache nickten, und einer von ihnen reichte Anna eine Plastiktüte mit persönlichen Gegenständen, die sie bei ihm gefunden hatten. Sie nahm die Tüte entgegen und ging unter den Schutz eines nahen Felsvorsprungs, um sie zu untersuchen.

„Was ist da drin?" fragte Jürgen, als er sich neben sie stellte und den Regen aus seinen Haaren schüttelte.

„Ein paar Dinge. Ein zerfetztes Notizbuch, ein Schlüsselbund... und ein Brief." Anna zog den zerknitterten Umschlag aus der Tüte und betrachtete ihn. Er war durchnässt, aber der Inhalt war noch lesbar. Mit zitternden Fingern öffnete sie den Umschlag und zog das Papier heraus.

Der Brief war kurz, doch was darin stand, ließ Anna erstarren.

Der letzte Hinweis des Mannes im grauen Mantel

„„Wenn ihr das lest, bin ich tot"", begann der Brief. „„Ich habe versucht, zu fliehen, aber sie werden mich finden. Sie werden alle finden, die zu viel wissen. Die Insel gehört ihnen. Die Gemeinschaft...""

Anna hielt inne und sah zu Jürgen, der genauso fassungslos wirkte wie sie. „„Die Gemeinschaft ist älter, als ihr denkt. Sie haben alles unter Kontrolle – die Menschen, die Polizei, die Fischer. Wenn ihr mich gefunden habt, dann seid ihr die Nächsten.""

Jürgen starrte sie an. „Er hat gewusst, dass er sterben würde."

„Und er hat gewusst, dass wir ihm auf die Spur kommen", fügte Anna hinzu. „Es bedeutet, dass die Gemeinschaft uns beobachtet. Sie wissen, dass wir ihnen nahe sind."

Sie faltete den Brief zusammen und steckte ihn zurück in den Umschlag. „Wir müssen schneller handeln. Die Leute auf dieser Insel sind nicht nur verschwiegen, sie sind gefährlich. Wenn sie uns für eine Bedrohung halten, dann sind wir die Nächsten auf ihrer Liste."

Die Verschwörung verdichtet sich

Zurück im Revier ging die Auswertung des Briefs weiter, aber der Sturm machte es schwierig, mit den Außenstellen auf dem Festland in Kontakt zu treten. Die Telefonleitungen fielen aus, und auch das Mobilfunknetz war durch das schlechte Wetter beeinträchtigt. Sie waren abgeschnitten.

„Es fühlt sich an, als ob die Insel uns absichtlich isoliert", murmelte Jürgen, während er sich an einen weiteren Funkspruch machte. „Wir sind auf uns allein gestellt."

Anna nickte nur. In ihrem Inneren wuchs das Gefühl, dass sie in eine Falle getappt waren. Die Gemeinschaft, von der der Mann im grauen Mantel gesprochen hatte, schien überall ihre Finger im Spiel zu haben. Wer wusste, wie weit ihr Einfluss reichte? Wenn sie die Kontrolle über die Insel hatten, könnte jeder Einwohner in die Verschwörung involviert sein.

„Wir müssen herausfinden, wer diese Gemeinschaft anführt", sagte Anna entschlossen. „Es gibt jemanden, der alles orchestriert. Die Vermisstenfälle, die Lügen, die Angst – das alles hat einen Ursprung, und wir sind kurz davor, ihn zu finden."

Ein Besuch beim Bürgermeister

Anna und Jürgen beschlossen, den Bürgermeister der Insel aufzusuchen. Er war eine zentrale Figur auf Holnis, jemand, der Zugang zu vielen Informationen hatte und tief in der Dorfgemeinschaft verwurzelt war. Wenn jemand etwas über die alten Geheimnisse wusste, dann er.

Als sie bei seinem Haus ankamen, wehte der Sturm so stark, dass sie kaum die Tür hören konnten, als sie klopften. Der Bürgermeister, ein stämmiger Mann in den Fünfzigern, öffnete schließlich und wirkte überrascht, sie zu sehen.

„Kommissarin Hansen, Herr Behrends, was kann ich für Sie tun?" fragte er, doch Anna bemerkte den Hauch von Nervosität in seiner Stimme.

„Wir müssen mit Ihnen reden, Herr
Bürgermeister", sagte Anna ohne Umschweife.
„Es geht um die Vermisstenfälle und die
Gemeinschaft, die auf dieser Insel aktiv ist."

Der Bürgermeister blinzelte überrascht, dann
lachte er nervös. „Eine Gemeinschaft? Ich weiß
nicht, wovon Sie reden. Das sind nur alte
Geschichten. Die Insel ist ruhig, und wir haben
keine Probleme."

„Wir haben Beweise gefunden, die etwas anderes
sagen", entgegnete Jürgen, während er sich einen
Schritt näher an den Bürgermeister heranwagte.
„Menschen verschwinden hier, und es gibt eine
Gruppe auf der Insel, die das alles organisiert."

„Ich weiß nicht, wovon Sie reden", wiederholte
der Bürgermeister, doch seine Hände zitterten
leicht, als er sich an die Tür lehnte.

Anna sah ihm in die Augen. „Doch, das wissen
Sie. Sie haben es von Anfang an gewusst."

Es entstand eine lange Pause, und für einen
Moment glaubte Anna, dass der Bürgermeister
sie aus dem Haus werfen würde. Doch dann
seufzte er tief und trat zurück, um sie
hineinzulassen.

„Ihr habt keine Ahnung, worauf ihr euch da
einlasst", sagte er, als er die Tür hinter ihnen
schloss. „Aber ich werde euch die Wahrheit
sagen."

Die Wahrheit über die Gemeinschaft

Im Wohnzimmer des Bürgermeisters, umgeben
von alten Büchern und Familienfotos, legte der
Mann schließlich die Karten auf den Tisch. Er
erzählte ihnen von einer Gemeinschaft, die seit
Jahrzehnten auf der Insel aktiv war, eine Art
Geheimbund, der sich „Die Wächter" nannte. Sie
hatten ihre Wurzeln in den frühen Zeiten der
Insel, als der Handel mit Schmugglern blühte
und die Inselbewohner beschlossen hatten, ihre
eigenen Gesetze aufzustellen, abseits der
Regierung.

„Die Wächter kontrollieren alles", sagte der Bürgermeister leise. „Sie haben das Sagen über die Fischer, die Polizei, das ganze Dorf. Jeder, der etwas weiß oder etwas sieht, was er nicht sehen sollte, wird zum Schweigen gebracht."

„Und Laura Brand

t hat etwas gesehen, das sie nicht hätte sehen sollen", fügte Anna hinzu. „Das ist der Grund, warum sie verschwunden ist."

„Genau", sagte der Bürgermeister. „Sie war den Wächtern zu nahe gekommen. Und jetzt seid ihr auch in Gefahr."

Jürgen runzelte die Stirn. „Warum sagen Sie uns das? Wenn Sie selbst ein Teil dieser Gemeinschaft sind, setzen Sie sich in Gefahr."

Der Bürgermeister schüttelte den Kopf. „Ich habe genug davon. Ich habe jahrelang geschwiegen, weil ich Angst hatte. Aber ich kann nicht mehr zusehen, wie unschuldige Menschen verschwinden."

Anna lehnte sich nach vorn. „Wer führt die Gemeinschaft an?"

Der Bürgermeister zögerte. „Es ist jemand, den ihr nicht vermuten würdet. Jemand, der viel Einfluss hat. Aber ich kann euch nur warnen – wenn ihr zu weit geht, wird es euch genauso ergehen wie den anderen."

Die nächste Etappe

Nachdem sie das Haus des Bürgermeisters verlassen hatten, war Anna stiller als gewöhnlich. Der Sturm peitschte immer noch um sie herum, doch in ihrem Kopf war alles klarer geworden. Die Wächter waren nicht nur eine Gruppe von Verbrechern – sie waren tief in die Strukturen der Insel integriert. Wenn sie den Fall lösen und die Verantwortlichen zur Rechenschaft ziehen wollten, mussten sie nicht nur gegen Einzelpersonen kämpfen, sondern gegen ein ganzes System.

„Was jetzt?" fragte Jürgen, als sie sich auf den Rückweg zum Revier machten.

„Jetzt wissen wir, wer unser Feind ist", sagte Anna ruhig. „Wir müssen die Gemeinschaft zerschlagen, Stück für Stück."

Kapitel 9: Täuschung und Lügen

Zurück im Revier

Nach dem aufschlussreichen Gespräch mit dem Bürgermeister war die Spannung greifbar. Anna und Jürgen kehrten ins Revier zurück, das noch immer vom Sturm umtost wurde. Der Regen trommelte gegen die Fenster, und der Wind schien jede noch so kleine Lücke im Gebäude zu finden. Es war ein unruhiger Abend, nicht nur wegen des Wetters, sondern auch wegen der Enthüllungen des Bürgermeisters. Die „Wächter", eine geheime Gemeinschaft, die die Insel seit Jahrzehnten kontrollierte, waren kein Mythos. Sie waren real und gefährlich. Und jetzt wussten Anna und Jürgen zu viel.

„Wir können niemandem mehr trauen", sagte Anna leise, als sie durch die Akten auf ihrem Schreibtisch blätterte. „Der Bürgermeister hat recht – sie sind überall. Wer weiß, wie viele Menschen hier auf der Insel involviert sind. Jeder könnte ein Teil davon sein."

Jürgen nickte. „Und das erklärt, warum die Inselbewohner so verschlossen sind. Sie wissen, dass die Wächter sie beobachten."

„Die Frage ist nur, wie weit die Macht dieser Gemeinschaft reicht", fügte Anna hinzu. „Wenn sie wirklich die Polizei, die Fischer und das Dorf kontrollieren, dann können sie jeden verschwinden lassen, der ihnen in die Quere kommt."

Sie hielt inne und dachte nach. „Wir brauchen Beweise. Harte, unwiderlegbare Beweise, die wir auf dem Festland vorlegen können. Wenn wir ohne Beweise handeln, riskieren wir, selbst das nächste Opfer zu werden."

Der neue Plan

Anna beschloss, dass es Zeit war, die Fassade der Freundlichkeit fallen zu lassen. Es war klar, dass sie sich auf der Insel in Feindesland befanden. Jeder ihrer Schritte musste sorgfältig geplant werden, und sie durften niemandem trauen, außer sich selbst. Der einzige Weg, die

Gemeinschaft zu besiegen, war, ihre Strukturen zu durchbrechen – und das bedeutete, ihren Anführer zu enttarnen.

„Der Bürgermeister sagte, der Anführer ist jemand, den wir nicht vermuten würden", erinnerte sich Jürgen. „Jemand mit Einfluss."

„Genau", antwortete Anna. „Und dieser jemand muss sehr gut darin sein, sich im Hintergrund zu halten. Aber es gibt immer Spuren. Niemand kann eine so große Operation führen, ohne dass etwas auffällt."

„Vielleicht gibt es in den alten Vermisstenfällen Hinweise", schlug Jürgen vor. „Es muss jemand sein, der in all diesen Fällen eine Rolle gespielt hat, selbst wenn es nur im Hintergrund war."

„Wir gehen die alten Fälle durch", sagte Anna entschlossen. „Aber wir dürfen nicht vergessen, dass die Wächter uns jetzt auf dem Radar haben. Wir müssen vorsichtig vorgehen."

Ein verstecktes Muster

Die nächsten Stunden verbrachten Anna und Jürgen damit, die alten Akten und Beweise noch einmal durchzugehen. Sie suchten nach einem Muster, einem Hinweis auf Verbindungen zwischen den verschiedenen Vermisstenfällen. Dabei fiel ihnen auf, dass viele der Opfer aus dem gleichen Grund auf die Insel gekommen waren: Sie waren neugierig auf die Geschichte von Holnis. Historische Forscher, Journalisten oder einfach abenteuerlustige Menschen, die das Unbekannte suchten.

„Es scheint, als ob alle, die zu neugierig waren, auf irgendeine Weise in Kontakt mit den Wächtern gekommen sind", sagte Anna und deutete auf die Akten. „Aber es gibt einen Namen, der immer wieder auftaucht – in den Berichten der Polizei, der Fischer und sogar bei den Touristenführungen."

„Wer?" fragte Jürgen und beugte sich vor.

„Karl Thomsen“, antwortete Anna. „Der Besitzer des kleinen Ladens. Er hat mit fast jedem Vermissten auf die eine oder andere Weise Kontakt gehabt. Entweder, weil er ihnen Proviant verkauft hat, oder weil sie ihn nach Geschichten über die Insel gefragt haben.“

„Du denkst, er könnte mehr wissen, als er zugibt?“ fragte Jürgen skeptisch.

„Es wäre eine perfekte Tarnung“, sagte Anna. „Er ist Teil der Gemeinschaft, aber niemand würde es vermuten, weil er so unscheinbar ist. Aber er hat Zugang zu Informationen, die nur jemand hat, der tief in die Strukturen der Insel eingebunden ist.“

„Dann müssen wir ihn zur Rede stellen“, sagte Jürgen entschlossen.

Die Konfrontation mit Karl Thomsen

Am nächsten Morgen, nachdem der Sturm sich gelegt hatte, machten sich Anna und Jürgen auf den Weg zu Karls Laden. Der Regen hatte die Straßen überflutet, und die Luft roch nach Salz und feuchtem Gras, als sie den kleinen, verwitterten Laden erreichten. Thomsen war wie immer hinter der Theke, als sie eintraten, und er wirkte nicht überrascht, sie zu sehen. Stattdessen begrüßte er sie mit einem höflichen Nicken.

„Kommissarin Hansen, Herr Behrends", sagte er ruhig. „Was kann ich heute für Sie tun?"

„Wir müssen reden, Herr Thomsen", sagte Anna und trat einen Schritt näher. Ihre Stimme war kühl und professionell, doch unter der Oberfläche brodelte es. „Über die Vermisstenfälle."

Thomsen hob eine Augenbraue, doch er blieb ruhig. „Ich habe Ihnen bereits alles gesagt, was ich weiß", entgegnete er.

„Wir glauben, dass Sie uns nicht die ganze Wahrheit gesagt haben", sagte Anna scharf. „Wir wissen, dass Sie mit fast jedem der Vermissten Kontakt hatten. Und wir wissen, dass Sie mehr

über die Gemeinschaft der Wächter wissen, als
Sie zugeben wollen."

Thomsen erstarrte für einen Moment, seine
Augen wurden schmal. Dann legte er die Hände
auf die Theke und sah sie direkt an. „Sie wissen
nicht, worauf Sie sich da einlassen,
Kommissarin."

„Doch, das wissen wir", sagte Anna fest. „Und wir
wissen auch, dass Sie uns helfen können. Es ist
vorbei, Herr Thomsen. Die Wahrheit wird ans
Licht kommen, ob Sie es wollen oder nicht."

Thomsen lachte leise, doch es war ein kaltes,
humorloses Lachen. „Sie denken, Sie hätten eine
Chance gegen die Wächter? Sie sind nur zwei
Polizisten auf einer kleinen Insel. Die Wächter
gibt es schon seit Jahrhunderten. Sie werden das
nicht so einfach aufdecken."

„Das werden wir sehen", entgegnete Jürgen.
„Aber Sie sollten sich besser überlegen, auf

welcher Seite Sie stehen wollen, wenn es vorbei ist."

Thomsen starrte sie einen Moment lang an, bevor er schließlich seufzte. „Es gibt Dinge, die Sie nicht verstehen. Die Gemeinschaft... sie ist mächtiger, als Sie sich vorstellen können. Sie hat alles im Griff – die Politik, die Polizei, die Fischer. Jeder hier weiß, dass man die Wächter nicht herausfordert."

„Aber das tun wir", sagte Anna entschlossen. „Also, Herr Thomsen, wie viel wissen Sie wirklich?"

Thomsen blieb einen Moment still, dann senkte er den Blick. „Ich weiß mehr, als mir lieb ist", sagte er schließlich leise. „Aber glauben Sie mir, wenn ich Ihnen sage, dass es besser ist, wenn

Thomsens Warnung

Thomsen hielt inne, seine Augen wanderten umher, als ob er sicherstellen wollte, dass niemand lauschte. Sein Tonfall veränderte sich, wurde leiser und eindringlicher. „Ich sage Ihnen das nicht, um mich zu schützen. Ich sage es, weil es gefährlich ist, sich mit den Wächtern anzulegen. Jeder, der zu viel herausfindet, endet entweder tot oder verschwindet spurlos. Es hat sie bisher immer gegeben, und sie werden weiterhin alles tun, um das Geheimnis der Insel zu wahren."

„Dann helfen Sie uns, Thomsen", forderte Anna. „Wenn Sie uns die nötigen Beweise liefern, können wir diese Gemeinschaft zerschlagen. Aber wir brauchen Ihre Unterstützung."

Thomsen schüttelte den Kopf, ein bitteres Lächeln auf den Lippen. „Es gibt keine Beweise, die Sie finden könnten, die stark genug wären. Die Wächter haben alles im Griff. Wenn Sie versuchen, sie zu stürzen, werden Sie es bereuen."

Jürgen, der bisher schweigend zugehört hatte,
trat näher. „Wir brauchen nur einen Namen. Wer
ist der Anführer? Sie kennen ihn, das wissen wir."

Thomsen wich zurück und schüttelte den Kopf.
„Wenn ich Ihnen den Namen gebe, bin ich ein
toter Mann.

Kapitel 10: Gefährliches Spiel

Gefangen im Archiv

Der Moment, in dem die Tür des Archivs hinter ihnen zufiel, ließ die Temperatur im Raum zu sinken scheinen. Anna und Jürgen drehten sich langsam um. Pfarrer Jonas Lenz stand dort, ruhig, die Hände hinter dem Rücken verschränkt, sein Lächeln verschwunden. Der freundliche, sanfte Mann, den sie kannten, war einem ganz anderen Gesicht gewichen – kalt, berechnend und ohne jegliches Zeichen von Mitgefühl.

„Ihr habt es weit gebracht", sagte er leise, „aber das hier endet jetzt."

Anna spürte, wie sich ihre Kehle zuschnürte. In ihrer Hand hielt sie den Beweis – die Liste der Vermissten und die Aufzeichnungen, die Lenz' Verbindung zur geheimen Gemeinschaft der Wächter belegten. Doch nun waren sie gefangen, und der Mann, der alles kontrollierte, war bereit, sie zum Schweigen zu bringen.

„Sie können uns nicht einfach verschwinden lassen", sagte Jürgen, doch auch in seiner Stimme schwang die Anspannung mit. „Wir haben Kollegen auf dem Festland. Die werden nach uns suchen."

Pfarrer Lenz lächelte, doch es war kein freundliches Lächeln. „Oh, das ist mir bewusst. Aber ich habe viele Freunde – und nicht nur auf dieser Insel. Außerdem haben Sie mir keine andere Wahl gelassen."

Anna wusste, dass sie in eine Falle getappt waren. Aber es war noch nicht zu spät. „Warum?" fragte sie, um Zeit zu gewinnen. „Warum all das? Warum diese Geheimhaltung, warum die Morde?"

Lenz machte ein paar langsame Schritte auf sie zu, als ob er über die Frage nachdachte. „Weil Macht alles ist, Kommissarin Hansen", sagte er ruhig. „Diese Insel, diese Gemeinschaft – sie existiert seit Jahrhunderten. Die Wächter schützen das, was uns gehört. Außenstehende, die zu neugierig sind, müssen entfernt werden.

Sie verstehen das nicht, weil Sie nur als Besucher hier sind. Aber Holnis hat seine eigenen Regeln."

„Sie haben unschuldige Menschen getötet", erwiderte Anna, ihre Stimme scharf vor Zorn. „Für was? Um Ihre Macht zu erhalten?"

Lenz' Gesicht verhärtete sich. „Es gibt keine Unschuldigen in dieser Welt, Kommissarin. Jeder, der die Ordnung der Insel bedroht, ist ein Risiko. Und Sie haben nun ebenfalls diese Grenze überschritten."

Der Versuch zu entkommen

Anna wusste, dass sie keine Zeit verlieren durften. Lenz war gefährlich, aber sie hatten einen entscheidenden Vorteil: den Beweis in ihren Händen. Wenn sie es schafften, diesen Beweis vom Archiv wegzubringen, konnten sie Lenz und die gesamte Gemeinschaft der Wächter zur Rechenschaft ziehen.

„Jürgen, wir müssen hier raus", flüsterte sie, während Lenz sich ihnen näherte. Sie blickte sich schnell um, suchte nach einem Ausweg. Das Fenster hinter ihnen war klein, aber es führte nach draußen – ein letzter Hoffnungsschimmer.

„Versucht es nicht einmal", warnte Lenz, als er ihre Blicke bemerkte. „Es gibt kein Entkommen. Ihr seid in meinen Händen."

Doch Anna dachte nicht daran, aufzugeben. Mit einem schnellen Handgriff zog sie ein Regal mit alten Büchern um, das schwer auf den Boden krachte und Lenz für einen Moment ablenkte. „Los!" rief sie, als sie auf das Fenster zustürmte und es mit beiden Händen aufriss.

Jürgen folgte ihr, und gemeinsam kämpften sie sich durch die enge Öffnung. Der Wind peitschte ihnen ins Gesicht, als sie ins Freie sprangen und die unebenen Steinstufen hinunterrannten. Hinter ihnen hörten sie Lenz' Schritte, der sie verfolgte, aber Anna war entschlossen, nicht stehenzubleiben. Der Ordner mit den Beweisen war fest in ihrer Hand, und sie wusste, dass dies ihre einzige Chance war.

Eine Jagd durch das Dorf

Draußen war es bereits dunkel, und der Sturm vom Vortag hatte das Dorf noch immer in seinen Fängen. Der Wind heulte durch die Gassen, und der Regen schlug ihnen ins Gesicht, während sie durch die engen Straßen rannten. Lenz war ihnen dicht auf den Fersen, und Anna wusste, dass er nicht allein war. Wenn die Wächter wirklich so stark und gut vernetzt waren, wie Thomsen behauptet hatte, konnten sie sich auf keine Hilfe im Dorf verlassen. Jeder könnte ein Verbündeter des Pfarrers sein.

„Wir müssen zur Fähre", keuchte Jürgen. „Wenn wir es bis dahin schaffen, sind wir vielleicht in Sicherheit."

„Oder wir gehen direkt zur Küstenwache", schlug Anna vor, während sie über die Optionen nachdachte. „Wenn wir jemanden erreichen können, der nicht zur Gemeinschaft gehört, haben wir eine Chance."

Sie rannten weiter durch die dunklen Straßen, aber Anna spürte, wie der Druck auf sie wuchs. Hinter ihnen hörten sie Schritte – mehr als nur Lenz. Weitere Personen schlossen sich der Verfolgung an. Sie mussten schneller sein, sie mussten es bis zum Hafen schaffen.

Doch als sie die nächste Kurve nahmen, bemerkte Anna, dass die Straßen sich zu füllen begannen. Dorfbewohner traten aus ihren Häusern, ihre Gesichter im Schatten verborgen, ihre Bewegungen ruhig und kontrolliert. Es war, als ob das ganze Dorf von den Wächtern kontrolliert wurde. Jedes Haus, jede Straße war unter Beobachtung.

„Wir sind in einer Falle", flüsterte Jürgen, während sie die drohende Gefahr erkannten.

Die letzte Hoffnung – Hilfe von Unerwarteten

Gerade als es so aussah, als ob sie keine Chance mehr hatten, bemerkte Anna eine vertraute Gestalt in der Menge. Es war Thomsen. Er stand am Rand der Gasse, in seinem Mantel gehüllt, und nickte ihnen kaum merklich zu. Ohne zu zögern, gab er ihnen ein Zeichen, ihm zu folgen.

„Komm, Jürgen!" rief Anna, und sie schlängelten sich durch die Menge, während Thomsen sie in eine Seitengasse führte. Die Geräusche der Verfolger verblassten hinter ihnen, während sie durch die dunklen, engen Gassen eilten.

„Ihr habt es tatsächlich gewagt", sagte Thomsen atemlos, als sie schließlich vor einem alten Lagerhaus zum Stehen kamen. „Ich dachte, ihr würdet einfach verschwinden wie die anderen."

„Sie haben uns geholfen", keuchte Jürgen, während er sich an die Wand lehnte. „Warum?"

„Weil ich es leid bin, in Angst zu leben", antwortete Thomsen ernst. „Die Wächter haben zu lange die Macht gehabt, und ich will nicht länger Teil dieses Schweigens sein."

Anna nickte dankbar. „Wir haben den Beweis", sagte sie und hielt den Ordner hoch. „Aber wir müssen ihn vom Festland aus sichern. Lenz wird nicht aufgeben."

„Dann habt ihr nicht viel Zeit", sagte Thomsen und sah sich um. „Die Wächter wissen bereits, dass ihr den Beweis habt. Ihr könnt nicht zur Fähre – sie werden dort auf euch warten."

„Was schlagen Sie vor?" fragte Jürgen.

„Es gibt einen alten Fischer, der nachts noch ausfährt. Er ist nicht Teil der Gemeinschaft. Er kann euch zur nächsten Insel bringen, von dort könnt ihr das Festland erreichen."

Anna und Jürgen tauschten einen kurzen Blick. Es war eine riskante Option, aber es war ihre einzige. „Zeigen Sie uns den Weg", sagte Anna entschlossen.

Die Flucht über das Meer

Die Nacht war finster, und der Wind peitschte ihnen ins Gesicht, als Thomsen sie zum kleinen Fischerboot führte. Der alte Fischer, ein schweigsamer Mann namens Hannes, nickte ihnen nur stumm zu, als sie einstiegen. Das Boot schwankte im Wellengang, und das Wasser schlug über den Bug, während sie sich von der Insel entfernten.

Anna hielt den Ordner fest umklammert, ihre Gedanken rasten. Sie hatten es fast geschafft. Doch sie wusste, dass die Gefahr noch nicht vorbei war. Die Wächter würden nicht aufhören, sie zu verfolgen. Selbst auf dem Festland könnten sie Verbindungen haben.

„Wir müssen schnell sein", flüsterte sie zu Jürgen. „Sobald wir das Festland erreichen, müssen wir die Beweise weitergeben."

Jürgen nickte. „Wir schaffen das."

Doch während sie in die Dunkelheit segelten, spürte Anna, dass dies nur der Anfang einer viel größeren Jagd war. Die Wahrheit war mächtig, aber sie hatten es mit einem Feind zu tun, der seit Jahrhunderten die Fäden zog. Und diese Feinde würden nicht ruhen, bis sie alles zurückerobert hatten, was ihnen genommen wurde.

Kapitel 11: Konfrontation**

Die Fahrt über das Meer

Das kleine Fischerboot schaukelte unruhig auf den dunklen Wellen. Der Wind trieb es mit einer Geschwindigkeit voran, die sowohl ermutigend als auch beängstigend war. Anna saß still, den Ordner fest in den Händen, als ob sie befürchtete, er könnte ihr aus den Fingern gleiten und im unendlichen Meer verloren gehen. Neben ihr saß Jürgen, angespannt, die Augen auf den Horizont gerichtet, wo irgendwo das Festland lag – ihre einzige Chance auf Sicherheit.

Hannes, der alte Fischer, sprach nicht. Er konzentrierte sich auf das Ruder, die Linien seines wettergegerbten Gesichts im Mondlicht kaum zu erkennen. Die Küste von Holnis war mittlerweile hinter ihnen verschwunden, aber die Bedrohung, die von der Insel ausging, war noch nicht vorbei. Anna wusste, dass die Wächter überall Verbindungen hatten. Sie würden nicht zulassen, dass die beiden Polizisten den Beweis in Sicherheit brachten.

„Wie lange bis zur nächsten Insel?" fragte Jürgen leise, ohne den Blick vom Wasser zu nehmen.

„Ungefähr eine Stunde", antwortete Hannes knapp. „Aber wir müssen vorsichtig sein. Das Meer ist tückisch in der Nacht."

Anna nickte nur. Ihre Gedanken rasten. Was würde passieren, wenn sie das Festland erreichten? Würde Lenz es wagen, sie bis dahin zu verfolgen? Würden sie wirklich in Sicherheit sein, oder hatte die Macht der Wächter auch das Festland infiltriert?

Gefahr auf See

Plötzlich spürte Anna eine seltsame Unruhe im Wind. Die Wellen wurden unruhiger, und das Boot schaukelte heftiger. Sie sah sich um, ihr Herzschlag beschleunigte sich. Etwas war anders. Der Himmel hatte sich weiter verdunkelt, und es war, als ob der Wind gedreht hatte. Doch das beunruhigendste Zeichen kam vom Meer selbst – ein tiefes, fast unheimliches Geräusch, das von der Ferne zu kommen schien.

„Hannes, was ist das?" fragte Jürgen nervös,
während auch er das Geräusch bemerkte.

Der alte Fischer warf ihnen einen besorgten Blick
zu. „Das sind keine normalen Wellen", sagte er
leise. „Das Meer warnt uns."

Plötzlich sah Anna, was Hannes meinte. Am
Horizont tauchten Lichter auf, die sich schnell
näherten. Es waren keine Fischerboote. Sie
waren größer, schneller – und eindeutig auf sie zu
gesteuert.

„Verdammt", murmelte Anna und schloss für
einen Moment die Augen. „Sie haben uns
gefunden."

„Was machen wir jetzt?" Jürgen griff instinktiv
nach seinem Funkgerät, aber es war sinnlos. Auf
offener See gab es keinen Empfang.

„Wir haben nur eine Chance", sagte Anna entschlossen. „Wir müssen das Festland erreichen, bevor sie uns einholen."

„Ich werde mein Bestes tun", sagte Hannes und legte mehr Kraft ins Ruder. Doch es war klar, dass ihre Verfolger schneller waren.

Der letzte Kampf auf dem Meer

Das Boot raste durch die unruhigen Wellen, während die Verfolger näher kamen. Anna konnte die dunklen Silhouetten der Boote jetzt deutlich erkennen – mindestens drei. Die Wächter hatten sie aufgespürt, und sie würden nicht zulassen, dass Anna und Jürgen lebend das Festland erreichten.

„Sie holen uns ein", sagte Jürgen, die Angst in seiner Stimme war nicht zu überhören.

„Wir müssen uns verteidigen", sagte Anna und sah sich hektisch im Boot um. Doch es gab wenig, was sie als Waffen benutzen konnten. Ein paar Seile, das alte Ruder, und das war es.

Die Verfolger waren jetzt nur noch wenige Meter entfernt, als plötzlich ein Knall die Stille der Nacht durchbrach. Eine Leuchtrakete schoss von einem der Boote auf sie zu und explodierte knapp über ihrem Kopf in einem blendenden Lichtblitz.

„Runter!" schrie Anna, als eine weitere Rakete folgte.

Das Fischerboot schwankte bedrohlich unter den heftigen Wellen, und Hannes kämpfte verzweifelt, das Ruder festzuhalten. Doch die Verfolger waren unnachgiebig. Ein lautes Krachen ertönte, als eines der Boote direkt in die Seite ihres kleinen Fischerboots rammte. Anna wurde gegen die Bordwand geschleudert, und für einen Moment glaubte sie, sie würde über Bord gehen.

„Wir müssen zurückschlagen!" rief Jürgen, der sich wieder auf die Beine kämpfte. Er griff nach einem der schweren Holzruder und schwang es in Richtung der Angreifer, die nun versuchten, überzusetzen.

Anna sah, wie die Männer der Wächter das Fischerboot stürmten – finstere, entschlossene Gestalten. Sie mussten ihre letzten Kräfte mobilisieren. Anna packte eines der Seile und schlug es wie eine Peitsche auf die Angreifer ein, während Jürgen das Ruder schwang.

Es war ein verzweifelter Kampf. Die Wellen schlugen gegen das Boot, und der Wind schrie durch die Nacht. Doch die beiden Polizisten kämpften verbissen. Anna spürte die Erschöpfung in ihren Gliedern, aber sie wusste, dass sie nicht aufgeben durften. Der Ordner mit den Beweisen – das einzige, was sie noch schützen konnten – war in Gefahr.

Der entscheidende Moment

Inmitten des Chaos hörte Anna plötzlich einen weiteren lauten Knall. Ein Schuss? Sie drehte sich um und sah, wie einer der Angreifer auf Hannes zielte. Der alte Fischer brach zusammen, während die Kugel ihn in die Seite traf.

„Hannes!" schrie Anna, aber es war zu spät. Hannes fiel zu Boden, sein Atem flach, während das Leben langsam aus ihm wich. In seiner letzten Bewegung deutete er mit einer zitternden Hand in Richtung des Festlands.

„Lauft..." flüsterte er, bevor er still wurde.

Anna spürte eine Welle aus Wut und Entschlossenheit. Sie würde diese Leute nicht gewinnen lassen. Mit aller Kraft schlug sie auf die Angreifer ein, während Jürgen neben ihr kämpfte. Doch die Übermacht war zu groß.

Einer der Wächter packte den Ordner, und für einen schrecklichen Moment dachte Anna, sie hätten verloren. Doch dann geschah das Unerwartete.

Das Boot der Angreifer, das so aggressiv herangestürmt war, wurde von einer gewaltigen Welle erfasst und kippte plötzlich zur Seite. Die Wächter, die sich an Bord befanden, wurden ins Wasser geschleudert, und der Ordner rutschte aus den Händen des Mannes, direkt in Annas Griff.

„Jetzt! Jürgen, los!" rief Anna.

Ohne eine Sekunde zu verlieren, griffen sie nach den Rudern und steuerten das Boot mit letzter Kraft Richtung Festland. Die Wächter, die ins Wasser gefallen waren, kämpften ums Überleben, doch Anna und Jürgen hatten endlich die Chance, zu entkommen.

Das Festland erreicht

Es dauerte fast eine Stunde, bis das kleine Fischerboot das Festland erreichte. Die erste Morgendämmerung brach über dem Horizont herein, und das Licht der neuen Sonne erhellte die zerklüftete Küste. Anna und Jürgen waren erschöpft, durchnässt und von dem Kampf gezeichnet, doch sie hatten es geschafft. Der Ordner mit den Beweisen war sicher.

„Wir haben es geschafft", flüsterte Jürgen, als das Boot am Ufer anlegte. Doch es war kein Gefühl der Erleichterung, das Anna durchströmte – es war die Erkenntnis, dass dies nur der Anfang war.

„Wir müssen sofort zur Polizei auf dem Festland", sagte Anna. „Die Wächter werden nicht aufgeben, und sie wissen, dass wir ihre Geheimnisse kennen. Aber jetzt haben wir die Beweise, und sie werden uns nicht mehr aufhalten können."

Sie stiegen aus dem Boot, das auf den Kiesstrand zusteuerte, und machten sich auf den Weg ins nächste Dorf. Es war früh, und die Straßen waren leer, doch in ihren Herzen wussten Anna und Jürgen, dass der Kampf gegen die Wächter noch nicht vorbei war.

Sie hatten überlebt – aber der wahre Krieg stand noch bevor.

Kapitel 12: Die letzte Schlacht

Ankunft auf dem Festland

Anna und Jürgen erreichten das kleine Küstendorf nach einer stundenlangen Wanderung durch den dichten Nebel. Der Ordner mit den Beweisen war sicher, doch die Anspannung ließ nicht nach. Sie wussten, dass die Wächter nicht aufgeben würden. Jeder Schritt fühlte sich wie eine Gratwanderung an – das Bewusstsein, dass ihre Gegner nicht weit entfernt waren, begleitete sie.

„Wir gehen direkt zur Polizei", sagte Anna entschlossen. „Die Beweise müssen gesichert werden, bevor noch etwas passiert."

„Und wir brauchen Verstärkung", fügte Jürgen hinzu, während er den Kopf drehte, um sicherzustellen, dass sie nicht verfolgt wurden. „Lenz und seine Leute werden nicht locker lassen."

Sie erreichten die kleine Polizeistation des Dorfes
und wurden von einem müden Polizisten begrüßt,
der sie misstrauisch musterte. „Was kann ich für
Sie tun?" fragte er, als Anna und Jürgen das
Gebäude betraten.

„Wir sind von der Polizei in Holnis", sagte Anna.
„Es gibt dringende Beweise, die gesichert werden
müssen. Wir müssen sofort mit Ihrem
Vorgesetzten sprechen."

Der Polizist runzelte die Stirn, griff jedoch nach
dem Telefon, um seinen Chef zu rufen. Wenige
Minuten später erschien der örtliche Polizeichef,
ein stämmiger Mann in den Fünfzigern, der Anna
und Jürgen eindringlich musterte. „Was ist hier
los?" fragte er ernst.

„Wir haben Beweise, die die Existenz einer
geheimen, kriminellen Gemeinschaft auf der
Insel Holnis bestätigen", begann Anna, während
sie den Ordner auf den Tisch legte. „Die
Gemeinschaft nennt sich die ‚Wächter' und ist
für eine Reihe von Vermisstenfällen

verantwortlich, die über Jahrzehnte
zurückreichen."

Der Polizeichef zog die Augenbrauen hoch und
öffnete den Ordner, um die Dokumente zu
überfliegen. Seine Miene wurde zusehends
ernster, als er die Aufzeichnungen durchblätterte.

„Das ist schwerwiegendes Material", sagte er
schließlich. „Wenn das wahr ist, dann wird dies
weitreichende Konsequenzen haben – sowohl für
die Insel als auch darüber hinaus. Wir werden
sofort Verstärkung anfordern und die
Ermittlungen einleiten."

Anna atmete erleichtert auf. Zum ersten Mal seit
Tagen hatte sie das Gefühl, dass sie es geschafft
hatten. Doch tief in ihrem Inneren wusste sie,
dass die Wächter nicht kampflos aufgeben
würden.

Lenz' verzweifelter Plan

Während Anna und Jürgen in der Polizeistation auf weitere Anweisungen warteten, herrschte auf Holnis keine Ruhe. Pfarrer Jonas Lenz, der Anführer der Wächter, hatte erfahren, dass Anna und Jürgen entkommen waren – und dass sie die Beweise mit sich genommen hatten.

„Wir haben keine Zeit", zischte Lenz, als er sich mit den anderen führenden Mitgliedern der Gemeinschaft in einer verlassenen Scheune am Rande des Dorfes versammelte. „Sie werden bald mit Verstärkung zurückkehren. Wenn sie die Beweise auf das Festland bringen, ist alles verloren."

Einer der Männer, ein kräftiger Fischer namens Erik, verschränkte die Arme. „Was schlagen Sie vor, Lenz? Wir können sie nicht mehr auf dem Meer aufhalten."

Lenz' Augen glitzerten kalt. „Wir müssen unsere Verbindungen auf dem Festland nutzen. Es gibt Menschen, die uns noch einen Gefallen schulden. Sie können das Problem für uns lösen, bevor es die Polizei erreicht."

Erik sah unsicher aus, nickte jedoch. „Aber was, wenn es zu spät ist? Was, wenn die Polizei bereits alles in den Händen hat?"

Lenz legte ihm eine schwere Hand auf die Schulter. „Dann tun wir, was wir immer getan haben: Wir verteidigen, was uns gehört – bis zum letzten Atemzug."

Die Wächter bereiteten sich darauf vor, ihren letzten und vielleicht gefährlichsten Plan in die Tat umzusetzen. Lenz wusste, dass er alles riskieren musste. Dies war nicht nur ein Kampf um die Macht über Holnis – es war ein Kampf ums Überleben.

Die Rückkehr nach Holnis

Mit der Unterstützung der Polizeistation auf dem Festland und zusätzlichen Kräften, die von einer nahegelegenen Stadt geschickt wurden, fühlten Anna und Jürgen, dass der Fall endlich auf eine endgültige Lösung zusteuerte. Die Beweise waren gesichert, und Verstärkung war unterwegs, um Holnis endgültig von der Macht der Wächter zu befreien.

„Das ist der letzte Schritt", sagte Jürgen, während sie sich auf das Boot vorbereiteten, das sie zurück auf die Insel bringen sollte. „Wenn wir Lenz und seine Leute verhaften, ist alles vorbei."

„Ich hoffe es", antwortete Anna, doch in ihrem Inneren war sie sich nicht sicher. Die Wächter hatten zu viel Macht über die Insel, und sie wussten, dass Lenz einen letzten verzweifelten Schritt unternehmen würde.

Als sie mit der Polizeieinheit auf Holnis landeten, herrschte eine unheilvolle Stille auf der Insel. Es war fast so, als ob die Insel selbst die Bedrohung spürte. Die Straßen waren leer, und nur der Wind wehte durch die verwitterten Gebäude.

„Sie wissen, dass wir kommen", sagte Anna leise, während sie sich dem Dorf näherten. „Lenz wird nicht kampflos aufgeben."

Die Polizisten bereiteten sich auf das Schlimmste vor. Sie wussten, dass die Wächter verzweifelt waren – und dass verzweifelte Menschen zu allem fähig waren.

Die Festnahme von Lenz

Die Gruppe erreichte schließlich das Pfarrhaus, das düster und verlassen wirkte. Anna und Jürgen traten zuerst ein, gefolgt von den Polizisten, die die Türen sicherten. Es war still, bis auf das leise Knarren des Holzes unter ihren Füßen.

„Lenz muss hier irgendwo sein", flüsterte Jürgen, während er sich im dunklen Flur umsah.

Plötzlich hörten sie Schritte – schwere, langsame Schritte, die auf sie zukamen. Anna griff instinktiv nach ihrer Waffe, als die Tür zum hinteren Teil des Hauses aufging und Pfarrer Jonas Lenz in den

Raum trat. Er war allein, sein Gesicht ruhig, aber seine Augen verrieten seine innere Unruhe.

„Sie sind gekommen", sagte Lenz, als er die Hände in die Höhe hob. „Ich nehme an, das ist das Ende."

„Es ist vorbei, Lenz", sagte Anna und trat näher. „Sie haben keine Chance mehr. Die Beweise sind gesichert, und die Polizei wird dafür sorgen, dass Sie und Ihre Leute zur Rechenschaft gezogen werden."

Lenz lächelte schwach. „Beweise? Sie glauben, das reicht, um die Gemeinschaft zu zerstören? Es wird immer Menschen geben, die Macht suchen. Menschen, die bereit sind, alles zu tun, um an der Spitze zu bleiben."

„Das mag sein", sagte Jürgen, „aber Sie werden nicht mehr dazu gehören."

Lenz sah für einen Moment aus, als wolle er etwas entgegnen, doch dann senkte er den Kopf. „Vielleicht haben Sie recht", murmelte er. „Vielleicht ist dies tatsächlich das Ende."

Die Polizisten legten ihm Handschellen an, und Anna spürte, wie die Spannung in ihrem Körper langsam nachließ. Sie hatten es geschafft. Lenz, der Anführer der Wächter, war in Gewahrsam, und die Gemeinschaft würde endlich zur Rechenschaft gezogen werden.

Doch tief in ihrem Inneren konnte sie das Gefühl nicht abschütteln, dass der Schatten der Wächter noch lange über Holnis schweben würde.

Nachspiel

Mit Lenz' Verhaftung kam eine Welle der Erleichterung über die Insel. Die Bewohner, die jahrelang unter der Macht der Wächter gelebt hatten, begannen, sich zu öffnen. Geschichten über verschwundene Menschen, korrupte Machenschaften und die Furcht vor der

Gemeinschaft wurden erzählt. Die Polizei durchsuchte das Pfarrhaus und andere Gebäude und fand weitere Beweise, die die Wächter und ihre kriminellen Aktivitäten entlarvten.

Anna und Jürgen kehrten einige Tage später zum Festland zurück, nachdem die Ermittlungen abgeschlossen und die letzten Wächter in Haft genommen worden waren. Die Insel war sicher, aber die Narben, die die Gemeinschaft hinterlassen hatte, würden noch lange bleiben.

„Es ist endlich vorbei", sagte Jürgen, als sie im Polizeirevier auf dem Festland saßen und ihren Bericht schrieben.

„Ja", antwortete Anna, während sie auf die untergehende Sonne am Horizont blickte. „Aber ich frage mich, wie viele andere Orte es gibt, an denen Menschen wie Lenz immer noch im Schatten agieren."

„Zu viele", sagte Jürgen ernst. „Aber zumindest wissen wir jetzt, dass man sie aufhalten kann."

Anna nickte und schloss ihre Augen für einen
Moment. Sie wussten, dass der Kampf gegen
korrupte Machtstrukturen niemals ganz zu Ende
war. Aber für jetzt hatten sie gewonnen – und das
war genug.

dazu anregt, über Macht, Kontrolle und die
Konsequenzen von Korruption nachzudenken.

Kapitel 13: Schatten der Vergangenheit

Die Rückkehr zur Normalität

Die Tage nach der Verhaftung von Pfarrer Lenz und der Zerschlagung der Wächter-Gemeinschaft vergingen langsam. Die Berichterstattung über den Fall zog nationale Aufmerksamkeit auf sich, und Anna und Jürgen wurden für ihre Rolle bei der Aufklärung des Netzwerks gelobt. Die Beweise, die sie sich unter Lebensgefahr gesichert hatten, lösten nicht nur auf der Insel, sondern auch auf dem Festland umfangreiche Ermittlungen aus. Die Macht der Wächter schien gebrochen, doch für Anna und Jürgen begann jetzt ein neuer, ruhigerer, aber emotional anspruchsvoller Abschnitt ihres Lebens.

Zurück auf dem Festland versuchten beide, wieder in ihren normalen Arbeitsalltag zu finden. Doch die Schatten der Ereignisse auf Holnis ließen sie nicht los. Die ständige Anspannung, die Angst vor dem nächsten Angriff und die brutalen Verfolgungen hatten tiefe Spuren hinterlassen.

„Es fühlt sich komisch an, wieder hier zu sein", sagte Jürgen eines Morgens, als sie in der Kaffeeküche ihres Reviers standen. „Als ob wir immer noch auf der Insel wären, nur ohne den Nebel."

Anna nickte nachdenklich. „Es dauert, bis man das hinter sich lassen kann. Aber das Gefühl… dass da immer noch etwas ist, das ist schwer zu ignorieren." Sie nahm einen Schluck Kaffee und starrte aus dem Fenster. „Die Wächter sind weg, aber die Leute, die sich ihrem System gebeugt haben, bleiben. Die Insel wird lange brauchen, um sich davon zu erholen."

Jürgen sah sie an und verstand genau, was sie meinte. Es war nicht nur ein Job gewesen. Was sie auf Holnis erlebt hatten, hatte sie tief getroffen. Die Erkenntnis, dass Menschen bereit waren, ihre eigenen Nachbarn zu verraten, um eine düstere Machtstruktur zu schützen, war schwer zu verarbeiten.

Das Vermächtnis der Wächter

Während Anna und Jürgen versuchten, sich wieder in ihren Alltag zu integrieren, gingen die Ermittlungen auf Holnis weiter. Eine Reihe weiterer Festnahmen erfolgte, als die Polizei tiefer in die Strukturen der Wächter eindrang. Einiges von dem, was sie fanden, war erschreckend. Die Gemeinschaft war viel weitreichender, als sie ursprünglich gedacht hatten – ihre Verbindungen erstreckten sich bis zu Geschäftsleuten, Politikern und anderen einflussreichen Personen, nicht nur auf Holnis, sondern auch auf dem Festland.

Einer der Ermittler auf Holnis, Kommissar Petersen, rief Anna eines Tages an. „Wir haben noch mehr Hinweise gefunden", sagte er über das Telefon. „Es scheint, dass die Wächter seit Jahrzehnten systematisch Menschen verschwinden ließen, die ihnen gefährlich wurden. Touristen, Journalisten, sogar einige Einheimische. Es wird Monate dauern, das alles aufzuarbeiten."

„Das überrascht mich nicht", antwortete Anna und fühlte, wie die Schwere der vergangenen Wochen wieder auf ihr lastete. „Haltet uns auf dem Laufenden."

„Es gibt noch etwas", sagte Petersen zögernd. „Wir haben ein Dokument gefunden – es scheint eine Art Notfallplan der Wächter zu sein. Eine Liste von Leuten auf dem Festland, die bereit wären, die Gemeinschaft wieder aufzubauen, wenn ihre Struktur zusammenbricht."

Anna schwieg einen Moment. Sie hatte gehofft, dass die Verhaftung von Lenz das Ende der Wächter bedeutete, aber es war klar, dass diese Menschen nicht so leicht aufgaben. „Das bedeutet, sie könnten versuchen, wieder aufzutauchen", sagte sie schließlich.

„Es ist möglich", bestätigte Petersen. „Wir tun alles, um diese Verbindungen zu unterbrechen, aber ich dachte, Sie sollten es wissen."

Ungeklärte Spuren

Die Wochen vergingen, und trotz der Festnahmen und der fortlaufenden Ermittlungen fühlte Anna, dass der Fall sie nicht losließ. Immer wieder durchforstete sie die Akten, als ob sie nach etwas suchte – einem fehlenden Puzzleteil, das die Geschichte endgültig abschließen würde. Doch etwas fühlte sich unvollständig an. Es war, als ob ein Schatten über den Aufzeichnungen lag, ein unsichtbarer Faden, den sie noch nicht entdeckt hatte.

Eines Tages, als sie erneut durch die alten Berichte der Vermisstenfälle ging, stieß sie auf ein Detail, das ihr zuvor entgangen war. Ein Name tauchte in mehreren Akten auf: Lena Bergmann. Sie war eine Journalistin gewesen, die vor einigen Jahren auf die Insel gekommen war, um über die Geschichte von Holnis zu schreiben. Danach war sie spurlos verschwunden, und ihr Fall war nie aufgeklärt worden.

„Jürgen", sagte Anna, als sie ihm die Akte zeigte, „dieser Fall fühlt sich falsch an. Lena Bergmann verschwand vor drei Jahren, und es sieht so aus, als ob sie den Wächtern gefährlich nahegekommen war."

Jürgen runzelte die Stirn. „Und was denkst du? Dass sie mehr herausgefunden hat als alle anderen?"

Anna nickte. „Möglich. Sie war Journalistin, sie hätte tief gegraben. Und wenn sie die Wahrheit über die Wächter gefunden hat, ist es wahrscheinlich, dass sie... zum Schweigen gebracht wurde."

„Aber wir haben alle Dokumente und Beweise. Was könnten wir übersehen haben?" fragte Jürgen, als er die Akte durchblätterte.

„Vielleicht nicht, was wir übersehen haben", sagte Anna langsam. „Sondern wer. Was, wenn jemand auf dem Festland die Ermittlungen damals behindert hat?"

Diese Idee ließ ihnen keine Ruhe. Es wurde klar, dass der Fall von Lena Bergmann noch tiefer in das Netzwerk der Wächter verstrickt war, als sie ursprünglich angenommen hatten.

Ein Netz aus Verschwörungen

Anna und Jürgen beschlossen, den Spuren von Lena Bergmann nachzugehen, auch wenn die Ermittlungen offiziell abgeschlossen schienen. Sie besuchten das Büro der Zeitung, für die Lena damals gearbeitet hatte, und sprachen mit ihren ehemaligen Kollegen. Viele waren nicht bereit, über den Fall zu reden. Doch ein Redakteur, ein älterer Mann namens Fischer, erinnerte sich noch gut an Lena.

„Sie war eine hartnäckige Reporterin", sagte Fischer, als sie in seinem Büro saßen. „Sie wollte die Wahrheit über Holnis herausfinden. Sie hatte diese Idee, dass die Insel viel mehr Geheimnisse verbarg, als es den Anschein hatte."

„Wissen Sie, was genau sie entdeckt hatte?" fragte Anna.

Fischer zuckte mit den Schultern. „Nicht genau. Aber sie sprach immer wieder von seltsamen Machenschaften, Verbindungen, die über die Insel hinausgingen. Kurz vor ihrem Verschwinden erzählte sie mir, dass sie Beweise hätte, die das Netzwerk der Wächter aufdecken könnten. Aber dann... war sie weg.“

„Und was ist mit den Beweisen passiert?“ fragte Jürgen.

„Das ist das Merkwürdige“, sagte Fischer leise. „Niemand hat jemals herausgefunden, was mit ihren Aufzeichnungen passiert ist. Ihre Wohnung wurde durchsucht, aber alles war weg. Es war, als ob jemand dafür gesorgt hätte, dass jede Spur verschwindet.“

Anna und Jürgen tauschten einen Blick. Es war klar, dass Lena Bergmann mehr wusste, als sie preisgeben konnte, bevor sie verschwand. Doch die entscheidende Frage blieb: Wer hatte dafür gesorgt, dass ihre Erkenntnisse verschwanden?

Ein letzter Hinweis

Zurück auf ihrem Revier durchforsteten Anna und Jürgen erneut die Beweise, die sie von der Insel mitgebracht hatten. Anna war besessen von der Idee, dass Lenas Aufzeichnungen irgendwo verborgen waren – etwas, das sie übersehen hatten.

Und dann, eines Abends, als Anna allein im Büro saß, stieß sie auf ein kleines, unscheinbares Blatt Papier, das zwischen den Seiten eines der alten Ordner geklemmt war. Es war eine Adresse, handschriftlich notiert, mit einer kurzen Nachricht: „Hier beginnt die Wahrheit."

Anna erstarrte. Es war Lenas Handschrift.

Sie las die Adresse noch einmal, und ihr wurde klar, dass dies der letzte Ort war, an dem Lena gewesen sein musste. Ein abgelegenes Haus auf dem Festland, weit entfernt von den Augen der Wächter.

„Jürgen, ich habe es", sagte Anna am Telefon.
„Ich glaube, ich weiß, wo Lena ihre Beweise
versteckt hat."

Die geheime Adresse

Die kleine, handschriftliche Notiz mit der Adresse schien das fehlende Puzzleteil zu sein. Anna und Jürgen machten sich sofort auf den Weg zu dem abgelegenen Haus, das Lena Bergmann vor ihrem Verschwinden erwähnt haben musste. Es lag weit außerhalb der Stadt, tief in einem ländlichen Gebiet, wo kaum jemand lebte. Die Straße war schmal, von Bäumen umgeben, und die Fahrt dorthin war bedrückend still.

„Das muss der Ort sein", sagte Anna, als sie das verwitterte, halb verlassene Haus am Ende eines Kiesweges entdeckten. Es war alt, von Efeu überwuchert und sah aus, als wäre es seit Jahren unbewohnt.

„Denkst du, sie hat ihre Beweise hier versteckt?" fragte Jürgen skeptisch, während sie aus dem Auto stiegen und sich dem Haus näherten.

„Es wäre klug", antwortete Anna. „Niemand würde hier nachsehen. Wenn die Wächter damals ihre Wohnung durchsucht haben, haben sie vielleicht nicht gewusst, dass sie etwas außerhalb versteckt hat."

Die Tür des Hauses war nicht verschlossen, und sie knarrte, als Anna sie vorsichtig öffnete. Innen war alles verfallen – Staub lag schwer auf den Möbeln, und die Luft roch nach Feuchtigkeit und Verfall. Sie traten ein, Jürgen mit der Taschenlampe voran, während Anna die Umgebung absuchte.

„Wo könnte sie etwas versteckt haben?" fragte Jürgen leise.

„Sie war eine Journalistin. Wenn sie Hinweise hatte, die sie verstecken wollte, dann wird es etwas Offensichtliches und doch Unzugängliches sein", murmelte Anna, während sie durch das Haus ging. „Irgendetwas, das wir übersehen könnten, wenn wir nicht genau hinsehen."

Sie durchsuchten jeden Raum, blickten hinter Möbel und Teppiche, doch zunächst fanden sie nichts. Es schien, als ob das Haus keine Antworten bot. Doch dann, als Anna den alten Kamin im Wohnzimmer untersuchte, entdeckte sie eine lose Ziegelplatte.

„Jürgen, schau mal", sagte sie leise und hob den losen Ziegel heraus. Dahinter befand sich ein kleiner, lederner Umschlag – gut versteckt und anscheinend seit Jahren unangetastet.

„Das muss es sein", flüsterte Jürgen, als Anna den Umschlag vorsichtig herausnahm. Sie öffnete ihn mit zitternden Fingern und zog mehrere alte, vergilbte Dokumente hervor. Es waren handschriftliche Notizen, Zeitungsausschnitte und Fotos – Beweise, die Lenas Behauptungen stützten. Die Wächter waren schon viel länger aktiv, als sie vermutet hatten, und ihre Verbindungen reichten bis tief in die Gesellschaft des Festlands.

„Lena war ihnen gefährlich nah gekommen", sagte Anna, während sie die Seiten durchblätterte. „Sie hatte fast alles, was sie brauchte, um sie zu enttarnen."

Eines der Dokumente war besonders schockierend: eine Liste mit Namen. Es waren bekannte Persönlichkeiten – Politiker, Geschäftsleute, und sogar hochrangige Polizisten. Alle waren auf irgendeine Weise mit den Wächtern verbunden. Dies war der Beweis, der alles ins Wanken bringen würde.

Eine neue Bedrohung

„Wir müssen das sofort sichern", sagte Jürgen entschlossen. „Das sind die Beweise, die Lena verschwinden ließen. Wenn wir diese Liste veröffentlichen, könnten wir endlich das ganze Netzwerk zerschlagen."

Anna nickte, doch sie konnte die Angst nicht abschütteln. Sie hatten die Wächter schon einmal unterschätzt – und sie wussten, dass diese Gemeinschaft nicht zögerte, radikale Schritte zu unternehmen, um sich zu schützen.

„Wir dürfen nicht den gleichen Fehler machen wie Lena", sagte Anna ernst. „Wir müssen sicherstellen, dass diese Beweise sofort in die richtigen Hände kommen. Je schneller, desto besser."

Doch bevor sie das Haus verlassen konnten, hörten sie das leise Knirschen von Reifen auf dem Kiesweg vor dem Haus. Anna und Jürgen tauschten einen schnellen Blick aus – jemand war ihnen gefolgt.

„Verdammt", murmelte Jürgen, als sie das Fenster im Wohnzimmer öffneten und vorsichtig hinausschauten. Ein schwarzer SUV stand vor dem Haus, und mehrere Männer in dunklen Anzügen stiegen aus. Es war klar, dass dies keine gewöhnlichen Besucher waren.

„Die Wächter", flüsterte Anna. „Sie wissen, dass wir hier sind."

„Wir müssen verschwinden", sagte Jürgen schnell. „Wenn sie uns hier finden, sind wir erledigt."

Mit den Beweisen in der Hand schlichen sie leise durch das Haus und schafften es, durch die Hintertür nach draußen zu entkommen. Sie duckten sich hinter eine Hecke und beobachteten, wie die Männer das Haus betraten. Es war ein Katz-und-Maus-Spiel, und sie mussten so schnell wie möglich weg.

Die Flucht und die Verfolgung

Anna und Jürgen schafften es zurück zu ihrem Auto, aber sie wussten, dass sie verfolgt wurden. Der schwarze SUV fuhr kurz darauf hinter ihnen her. Anna fuhr so schnell sie konnte, die engen Landstraßen entlang, während der Wagen der Wächter immer näher kam.

„Wir müssen zur nächsten Polizeistation", sagte Jürgen, während er hektisch auf sein Handy starrte. „Verdammt, ich bekomme hier keinen Empfang!"

„Bleib ruhig", murmelte Anna und konzentrierte
sich auf die Straße vor ihr. „Wir kommen da raus."

Doch der SUV hinter ihnen ließ nicht locker.
Immer wieder versuchte er, sie von der Straße zu
drängen, aber Anna hielt das Steuer fest und
wich geschickt aus. Der Adrenalinspiegel stieg,
und jede Minute fühlte sich wie eine Ewigkeit an.

„Da vorne!" rief Jürgen plötzlich und deutete auf
ein Schild, das auf eine kleine Stadt in der Nähe
hinwies. „Da muss es eine Polizeistation geben."

Anna lenkte das Auto in die Stadt, und der SUV
blieb dicht hinter ihnen. Doch als sie die Straßen
der Stadt erreichten, wo Menschen unterwegs
waren, ließ der SUV plötzlich ab und verschwand
in einer Seitenstraße.

„Sie wollen keine Aufmerksamkeit erregen",
sagte Anna erleichtert, als sie das Auto zum
Stehen brachte. „Wir haben es geschafft."

Die Wahrheit ans Licht bringen

In der Polizeistation der Stadt übergaben sie die
Beweise an den leitenden Beamten, der sofort
eine Einheit mobilisierte, um die Situation zu
untersuchen. Die Liste der Wächter und ihre
Verbindungen würde der Schlüssel sein, um das
Netzwerk endgültig zu zerschlagen. Anna und
Jürgen gaben ihre Zeugenaussagen ab und
beobachteten, wie die Polizisten die Dokumente
durchgingen.

„Das wird Kreise ziehen", sagte Jürgen, als sie auf
einer Bank im Wartebereich saßen. „Wir haben es
endlich geschafft."

„Ja", antwortete Anna leise, aber ihre Gedanken
waren noch bei Lena Bergmann. Die Journalistin
hatte den Kampf gegen die Wächter fast
gewonnen, doch sie war ihnen zu früh zu
nahegekommen. Nun, Jahre später, hatte Anna
den Job zu Ende gebracht.

„Lena hat uns den Weg gewiesen", sagte Anna.
„Sie wusste, dass die Wahrheit irgendwann ans

Licht kommen würde. Und jetzt... haben wir es
geschafft."

Das Ende der Wächter

Die Tage vergingen, und die Nachricht von den
Verhaftungen verbreitete sich. Die Liste, die Anna
und Jürgen gefunden hatten, führte zu einer Welle
von Ermittlungen auf dem Festland. Hochrangige
Politiker, Geschäftsleute und sogar Mitglieder der
Polizei wurden festgenommen, und das Netzwerk
der Wächter, das seit Jahrzehnten im
Verborgenen agiert hatte, wurde endgültig
zerschlagen.

Für Anna und Jürgen bedeutete dies das Ende
eines langen und gefährlichen Falls. Doch es war
auch der Beginn einer neuen Phase – einer, in der
sie wussten, dass sie selbst zum Ziel geworden
waren. Die Wächter hatten viele Feinde gemacht,
und obwohl ihre Macht nun gebrochen war,
konnte niemand sagen, wie tief ihre
Verbindungen wirklich reichten.

„Wir haben den ersten Schritt gemacht", sagte Jürgen eines Tages, als sie auf das Meer hinausblickten. „Aber es wird immer neue Lenz' geben. Neue Wächter, die versuchen, die Macht an sich zu reißen."

„Ja", antwortete Anna. „Aber wir haben ihnen gezeigt, dass die Wahrheit immer ans Licht kommt – egal, wie sehr sie versuchen, sie zu verstecken."

Und mit diesem Gedanken, mit dem Wissen, dass sie die Dunkelheit besiegt hatten, konnten sie endlich einen Moment der Ruhe finden.

Kapitel 15: Nachspiel und Neubeginn

Die Tage danach

Nach der Zerschlagung der Wächter fühlte sich alles wie eine seltsame Stille an. Die hektische Jagd, die Verhaftungen und die Ermittlungen waren vorbei, und Anna und Jürgen standen vor einem neuen, unbekannten Kapitel ihres Lebens. Doch das Ende der Wächter ließ tiefe Spuren zurück – nicht nur auf Holnis, sondern auch in ihren Seelen.

„Es fühlt sich unwirklich an", sagte Jürgen eines Morgens, als sie in einem kleinen Café im Festland saßen. „Wir haben monatelang gegen diesen Schatten gekämpft, und jetzt... jetzt ist es vorbei."

Anna nickte nachdenklich. „Ja, es ist vorbei, aber der Kampf hat uns verändert." Sie spürte die emotionale Erschöpfung, die sich langsam in den ruhigen Momenten breitmachte. Die Wächter waren gestürzt, doch die Fragen, die sie aufgeworfen hatten, hallten weiter nach. Wer konnte man noch vertrauen, wenn Menschen wie Lenz jahrzehntelang im Verborgenen agiert hatten?

Während die Justiz sich auf das Netzwerk der Wächter konzentrierte, kamen immer mehr Details ans Licht. Die Namen auf Lenas Liste führten zu einer Reihe von Enthüllungen: illegale Geschäfte, Erpressung, Vertuschungen von Verbrechen. Es wurde schnell klar, dass die Wächter nicht nur eine lokale Bedrohung gewesen waren, sondern dass ihre Tentakel tiefer in die Gesellschaft hineinragten, als irgendjemand vermutet hatte.

„Wir haben nur die Spitze des Eisbergs entdeckt", sagte Jürgen eines Tages, als die Nachrichten über weitere Verhaftungen liefen. „Es wird noch lange dauern, bis wir die ganze Wahrheit kennen."

„Aber wir haben einen Anfang gemacht", antwortete Anna. „Und das ist es, was zählt."

Rückkehr nach Holnis

Einige Wochen nach den Verhaftungen kehrten
Anna und Jürgen noch einmal nach Holnis
zurück. Diesmal war die Insel anders. Der Nebel,
der sich über die Straßen legte, fühlte sich
weniger bedrückend an, und die Menschen, die
sie auf der Straße sahen, schienen weniger
misstrauisch und mehr erleichtert. Die dunkle
Macht, die die Insel so lange beherrscht hatte,
war verschwunden.

„Es ist, als ob ein Gewicht von der Insel
genommen wurde", sagte Anna, als sie über den
Marktplatz ging. Die Dorfbewohner lächelten
zaghaft, und es schien, als ob die Insel wieder
atmen konnte.

„Ja, aber das Vertrauen muss erst wieder
aufgebaut werden", sagte Jürgen, der mit den
Händen in den Taschen neben ihr ging. „Die
Menschen hier haben gelernt, in Angst zu leben.
Es wird Zeit brauchen, bis sie wieder lernen, sich
gegenseitig zu vertrauen."

Sie beschlossen, das alte Pfarrhaus noch einmal zu besuchen, das jetzt verlassen und still vor ihnen lag. Es war ein Symbol für alles, was die Wächter auf dieser Insel hinterlassen hatten – eine ständige Erinnerung daran, wie tief die Manipulation reichte. Doch diesmal war es anders. Diesmal war der Ort entmachtet, seine Symbolik gebrochen.

„Pfarrer Lenz wird für eine lange Zeit im Gefängnis sitzen", sagte Jürgen, als sie das Haus betrachteten. „Aber was wird aus den Menschen, die ihm gefolgt sind?"

Anna zuckte mit den Schultern. „Manche werden versuchen, neu anzufangen. Andere werden vielleicht in ihrem Misstrauen verharren. Es liegt an ihnen, wie sie mit ihrer Vergangenheit umgehen."

Die Folgen für die Insel

Während ihres Aufenthalts auf Holnis sprachen sie mit den Dorfbewohnern. Viele von ihnen hatten ihre Angst überwunden und begannen offen über das zu sprechen, was sie jahrelang unterdrückt hatten. Sie sprachen von den Machenschaften der Wächter, den verschwundenen Menschen und der stillen Akzeptanz, die sie gezwungenermaßen gezeigt hatten.

Eine ältere Frau, die Anna und Jürgen auf dem Marktplatz ansprach, erzählte ihnen, wie sie jahrelang die Lügen der Gemeinschaft geschluckt hatte. „Es war nicht leicht", sagte sie mit gebrochener Stimme. „Wir alle wussten, dass etwas nicht stimmte. Aber wir hatten Angst, dagegen aufzustehen."

Anna legte ihr sanft eine Hand auf die Schulter. „Sie haben das Richtige getan, indem Sie jetzt darüber sprechen. Es ist nie zu spät, die Wahrheit ans Licht zu bringen."

Die Dorfbewohner, die einst in der Schattenwelt
der Wächter gelebt hatten, mussten nun den
Wiederaufbau beginnen. Es war ein Prozess, der
Zeit und Geduld forderte, aber Anna wusste, dass
dies der erste Schritt war, um die Wunden der
Vergangenheit zu heilen.

Ein Neuanfang für Anna und Jürgen

Zurück auf dem Festland begann für Anna und
Jürgen ein neuer Abschnitt ihres Lebens. Der Fall
der Wächter hatte sie verändert, aber er hatte sie
auch stärker gemacht. Sie hatten gelernt, dass
die Wahrheit oft schwer zu ertragen war, aber
dass sie immer wichtiger war als die Lügen, die
sie verdeckte.

„Was denkst du, was jetzt kommt?" fragte Jürgen
eines Tages, als sie in einem Café saßen und den
Sonnenuntergang betrachteten.

Anna sah auf das Meer hinaus, das im sanften
Licht der Dämmerung glänzte. „Ich weiß es nicht
genau", sagte sie schließlich. „Aber ich denke,
wir haben beide viel über uns selbst gelernt. Über

die Kraft der Wahrheit, über Vertrauen – und über
die Wichtigkeit, nie aufzugeben."

Jürgen nickte. „Vielleicht sollten wir endlich
Urlaub machen, wie wir es schon vor Monaten
vorhatten."

Anna lachte leise. „Vielleicht ist das keine
schlechte Idee."

Doch sie wussten beide, dass der Fall der
Wächter sie für immer geprägt hatte. Sie waren
tief in ein Netz aus Lügen, Macht und
Manipulation eingedrungen, und obwohl sie es
zerschlagen hatten, würde es immer Spuren
hinterlassen. Aber an diesem Punkt ihres Lebens
waren sie bereit, die Zukunft zu begrüßen.

Der letzte Schatten

Eines Abends, als Anna nach einem langen Arbeitstag nach Hause kam, entdeckte sie einen Brief in ihrem Briefkasten. Es war ein unscheinbarer Umschlag, ohne Absender, aber als sie ihn öffnete, stockte ihr der Atem.

Im Umschlag befand sich nur ein kurzer Satz, handgeschrieben: „Die Wächter leben weiter."

Annabeließ den Zettel langsam sinken, während ihr Herz schneller schlug. Wer auch immer den Brief geschrieben hatte, wusste, was er tat. Es war eine Warnung – oder vielleicht eine Drohung. Die Wächter waren vielleicht nicht vollständig verschwunden. Ihre Tentakel konnten sich immer noch in den Schatten bewegen.

„Es wird nie wirklich vorbei sein, oder?" murmelte sie leise, als sie den Brief betrachtete.

Doch Anna wusste, dass sie bereit war. Egal, was kam, sie würde kämpfen – für die Wahrheit, für Gerechtigkeit, und für die Menschen, die wie

Lena Bergmann ihr Leben riskiert hatten, um die Dunkelheit zu erhellen.

Mit einem entschlossenen Blick schloss sie die Tür hinter sich und legte den Brief beiseite. Der Kampf gegen die Wächter war vielleicht noch nicht vorbei, aber Anna war bereit, ihm erneut entgegenzutreten – wann immer es nötig war.

Kapitel 16: Dunkle Verbindungen

Ein erneutes Rätsel

Es war spät am Abend, als Anna die Küche ihrer kleinen Wohnung betrat und das Licht anschaltete. Der Tag war lang gewesen, aber die Arbeit ließ sie nicht los. Seit dem anonymen Brief, der deutlich machte, dass die Wächter noch immer lebendig waren, konnte sie sich nicht wirklich entspannen. Der Fall schien zu Ende zu sein, doch ein unsichtbarer Faden, der alles verband, blieb bestehen.

Der Brief – „Die Wächter leben weiter" – war mehr als nur eine Drohung. Es war eine Warnung, dass die Schatten der Vergangenheit sie nie ganz loslassen würden. Immer wieder fragte sie sich, wer den Brief geschickt hatte. War es einer der Überlebenden, ein abtrünniges Mitglied der Wächter, das die Gemeinschaft aus dem Verborgenen neu aufbauen wollte?

Ein leises Klopfen an der Tür riss sie aus ihren Gedanken. Es war ungewöhnlich spät für einen

Besuch, und Annas Instinkt sagte ihr, dass etwas nicht stimmte. Vorsichtig ging sie zur Tür, schaute durch den Spion und entdeckte Jürgen, der mit ernstem Gesichtsausdruck vor ihr stand.

„Jürgen? Was machst du so spät hier?" fragte sie, als sie die Tür öffnete.

„Anna, wir müssen reden", sagte er leise und trat ein, bevor er sich in der Küche auf einen Stuhl setzte. „Ich habe heute etwas erfahren, was dir nicht gefallen wird."

Anna setzte sich ihm gegenüber, die Anspannung in der Luft greifbar. „Was ist passiert?"

„Es gibt einen neuen Fall. Ein Journalist, der an einem investigativen Artikel gearbeitet hat, ist spurlos verschwunden", sagte Jürgen. „Das an sich ist schon beunruhigend, aber das Problem ist, dass er an einem Artikel über die Wächter gearbeitet hat. Er hatte offenbar neue Verbindungen entdeckt – Verbindungen, die über Holnis hinausgehen."

Anna atmete tief durch, während sie diese Neuigkeiten verarbeitete. „Wie sicher ist es, dass es mit den Wächtern zu tun hat?"

„Sein letzter Artikel war ein Vorabdruck, in dem er andeutete, dass es immer noch ein Netzwerk gibt. Er sprach von geheimen Treffen und neuen Strukturen, die aufgebaut werden. Es klingt genau wie das, was wir auf Holnis erlebt haben." Jürgen legte eine Mappe auf den Tisch und schob sie zu Anna. „Das hier sind seine Notizen."

Anna blätterte durch die Seiten, ihre Augen über die handgeschriebenen Hinweise gleitend. Es gab Erwähnungen von Meetings in Großstädten, verschwundenen Informanten und Verbindungen zu Politikern, die nie offiziell in den Fokus der Ermittlungen geraten waren. Es war erschreckend vertraut.

„Wie hat er diese Informationen bekommen?" fragte Anna, während sie weiter durch die Seiten ging.

„Das ist der Punkt", sagte Jürgen leise. „Er hatte einen Informanten. Jemanden, der ihm direkt aus dem Inneren der Wächter-Gemeinschaft berichtet hat. Aber er hat nie preisgegeben, wer es war."

Anna legte die Mappe beiseite und sah Jürgen direkt an. „Was denkst du? Sind sie wirklich noch aktiv?"

Jürgen seufzte schwer. „Ich weiß es nicht. Aber was, wenn sie nie wirklich weg waren? Vielleicht haben wir nur einen kleinen Teil von ihnen aufgedeckt. Es könnte gut sein, dass die wirklich Mächtigen sich im Verborgenen gehalten haben."

Die Spur führt weiter

Die nächsten Tage verbrachten Anna und Jürgen damit, die Notizen des verschwundenen Journalisten, Tobias Seidel, zu durchforsten. Er hatte tief gegraben, Verbindungen aufgedeckt, die Anna und Jürgen während der Ermittlungen auf Holnis nie gesehen hatten. Vor allem eine Information stach heraus: Es gab regelmäßige

Treffen an geheimen Orten, wo neue Mitglieder rekrutiert und alte Netzwerke reaktiviert wurden.

„Hier", sagte Anna, als sie eine besonders detaillierte Notiz fand. „Er spricht von einem Treffen in einer alten Villa, irgendwo an der Küste. Das muss ein wichtiger Ort für die Wächter sein."

Jürgen nickte. „Es ist gefährlich, aber wir müssen dort hin. Vielleicht können wir den Informanten finden."

Sie beschlossen, zur Villa zu fahren, die an einer abgelegenen Küste lag. Es war ein Ort, der perfekt zu den geheimen Machenschaften der Wächter passte – weit weg von den neugierigen Blicken der Öffentlichkeit und schwer zugänglich.

Die Villa am Meer

Ein paar Tage später erreichten Anna und Jürgen die Küste. Die Villa, von der in den Notizen die Rede war, war alt, aber gut gepflegt. Es lag etwas Unheimliches in der Luft, als sie das Auto auf dem kleinen Parkplatz vor der Einfahrt abstellten.

„Hier ist niemand", flüsterte Jürgen, während sie auf das imposante Gebäude zugingen. „Aber das bedeutet nichts. Wenn die Wächter hier waren, dann haben sie ihre Spuren gut verwischt."

Anna blieb stehen und musterte die Villa. Die hohen Mauern und die verschlossenen Fenster wirkten wie eine Festung. „Vielleicht sind sie noch hier. Wir müssen vorsichtig sein."

Sie schlichen sich zur Seite des Gebäudes und fanden eine offene Tür, die in den Keller führte. Der Keller war feucht und dunkel, und der modrige Geruch von altem Stein und Erde drang ihnen in die Nase. „Irgendwo hier müssen sie etwas hinterlassen haben", flüsterte Anna, während sie sich durch die Dunkelheit tastete.

Im hinteren Teil des Kellers entdeckten sie schließlich einen versteckten Raum, der nur durch eine lose Wandplatte zugänglich war. Drinnen standen alte Kisten und Akten. Doch was sie am meisten beunruhigte, war der Tisch in der Mitte des Raumes. Darauf lagen Pläne, Fotos und Berichte – all das deutete darauf hin, dass die

Wächter weitreichende Verbindungen zu politischen und wirtschaftlichen Kreisen hatten.

„Das sind keine einfachen Aufzeichnungen", sagte Jürgen, während er einen Bericht las. „Das hier sind detaillierte Pläne. Sie haben nicht nur Macht, sie wollen noch mehr."

Anna nickte und zog ein altes Foto aus einer der Kisten. Es zeigte mehrere Männer in dunklen Anzügen, die zusammen an einem langen Tisch saßen. Einer von ihnen kam ihr bekannt vor – es war jemand, den sie auf Holnis vernommen hatte, damals aber als unwichtig eingestuft hatte.

„Er war einer der örtlichen Geschäftsmänner", sagte Anna, während sie das Foto betrachtete. „Er hat sich damals unauffällig verhalten, aber er muss mehr gewusst haben."

Eine neue Gefahr

Plötzlich hörten sie Schritte über ihnen. Jemand war im Haus. Anna und Jürgen sahen sich an, und ohne ein Wort zu verlieren, schalteten sie ihre Taschenlampen aus. Sie duckten sich hinter eine Kiste, als die Schritte näher kamen.

„Wir müssen hier raus", flüsterte Jürgen. „Sie haben uns gefunden."

Anna nickte. Sie mussten einen Weg nach draußen finden, bevor die Wächter sie entdeckten. Doch der einzige Ausweg war der Keller, und die Schritte über ihnen kamen immer näher.

„Es gibt nur einen Weg", sagte Anna entschlossen. „Wir müssen durch den Haupteingang. Sobald sie merken, dass wir hier sind, haben wir keine Chance mehr."

Sie schlichen sich zur Kellertreppe, immer bereit, entdeckt zu werden. Als sie die oberste Stufe erreichten, hörten sie, wie eine Tür aufgestoßen wurde. Sie hatten keine Wahl mehr.

Anna stieß die Tür auf und rannte los, gefolgt von Jürgen. Sie hörten die Rufe der Männer hinter ihnen, doch sie gaben nicht auf. Draußen vor der Villa stiegen sie ins Auto und fuhren so schnell wie möglich davon, während die Lichter der Villa hinter ihnen in der Nacht verblassten.

Die Enthüllung

Zurück in Sicherheit übergaben sie die gefundenen Beweise an die Behörden. Es war klar, dass die Wächter immer noch aktiv waren und in großem Stil operierten. Die Mächtigen, die in den Schatten agierten, hatten überlebt und planten ihren nächsten Schritt.

„Das hier ist größer, als wir dachten", sagte Anna, als sie die Berichte durchging. „Es ist nicht nur Holnis. Das Netzwerk erstreckt sich über das ganze Land."

Jürgen sah sie ernst an. „Und wir stehen wieder ganz am Anfang."

Kapitel 17: Ein tieferer Abgrund

Anna und Jürgen hatten es geschafft, der Villa zu entkommen, aber die Entdeckung der neuen Pläne der Wächter ließ sie nicht los. Ihre Flucht war knapp gewesen, doch das Wissen, das sie in den Kellerakten entdeckt hatten, veränderte alles. Die Wächter lebten nicht nur weiter – sie hatten sich neu formiert, mächtiger und organisierter als zuvor.

In den darauffolgenden Tagen übergaben sie die gesammelten Beweise an die Ermittlungsbehörden. Während der Fall auf Holnis ursprünglich als abgeschlossen galt, hatte sich die Lage verändert. Es war kein lokales Problem mehr, sondern eine Bedrohung, die auf nationaler Ebene wuchs.

„Wir haben die Spur weiterverfolgt", berichtete einer der leitenden Ermittler, Kommissar Petersen, am Telefon. „Es gibt Hinweise auf geheime Treffen in ganz Deutschland, in alten

Herrenhäusern, verlassenen Fabriken – immer an
Orten, die weit genug entfernt sind, um
unbemerkt zu bleiben."

Anna saß still in ihrem Büro, den Hörer fest in der
Hand. „Und die Männer, die wir in der Villa
gesehen haben? Haben Sie sie identifiziert?"

„Ja", antwortete Petersen. „Einige von ihnen sind
bekannte Geschäftsleute, andere Politiker, die
wir schon seit Jahren beobachten. Aber bisher
konnten wir ihnen nichts nachweisen. Sie sind
geschickt darin, ihre Spuren zu verwischen."

„Sie werden weiter nach uns suchen", sagte Anna
leise. „Sie wissen, dass wir ihnen gefährlich
nahegekommen sind."

„Wir werden Sie und Jürgen schützen",
versicherte Petersen. „Aber seien Sie vorsichtig.
Die Wächter haben bereits einmal bewiesen,
dass sie nicht davor zurückschrecken, Menschen
zum Schweigen zu bringen."

Anna legte auf und atmete tief durch. Die Gefahr war real, und sie wusste, dass sie jetzt im Fadenkreuz standen. Doch der Gedanke, aufzugeben, war keine Option.

Der Informant

In den Tagen nach der Flucht aus der Villa entdeckten Anna und Jürgen eine neue Spur. Sie war in den Akten des Journalisten Tobias Seidel versteckt – ein Hinweis auf einen Informanten, der in direktem Kontakt mit den Wächtern gestanden hatte. Der Name des Informanten war nicht bekannt, aber es gab einen vagen Hinweis auf einen Ort, an dem man ihn treffen konnte: ein altes Theater in einer abgelegenen Kleinstadt, das seit Jahren verlassen war.

„Wenn dieser Informant wirklich existiert, könnte er uns die endgültigen Beweise liefern, die wir brauchen", sagte Jürgen, während sie die Details des Treffens durchgingen.

„Aber es ist riskant", antwortete Anna. „Was, wenn es eine Falle ist? Die Wächter wissen, dass wir ihnen dicht auf den Fersen sind. Sie könnten diesen Hinweis platziert haben, um uns in eine Falle zu locken."

„Es ist unsere einzige Spur", entgegnete Jürgen. „Wir müssen das Risiko eingehen."

Sie beschlossen, den Ort aufzusuchen, jedoch mit extremer Vorsicht. Sie wussten, dass sie nichts dem Zufall überlassen durften.

Das Treffen im Theater

Das alte Theater lag am Rand der Stadt, versteckt hinter verfallenen Gebäuden und überwucherten Bäumen. Es war seit Jahrzehnten verlassen, und seine einstige Pracht war in Vergessenheit geraten. Die hohen Türen knarrten, als Anna und Jürgen sie aufstießen. Drinnen herrschte Stille, nur der Wind wehte durch die zerbrochenen Fenster, und Staubpartikel tanzten im schwachen Licht.

„Sieht aus wie der perfekte Ort für ein geheimes Treffen", sagte Jürgen und ließ seine

Taschenlampe über die leeren Sitzreihen schweifen.

Anna zog ihre Jacke enger um sich und ging vorsichtig nach vorn, in Richtung der Bühne. „Bleib wachsam. Wir wissen nicht, wer uns erwartet."

Plötzlich hörten sie Schritte. Anna und Jürgen tauschten einen kurzen Blick, bevor sie sich in den Schatten zurückzogen. Ein Mann trat aus dem Dunkel, die Hände in den Taschen, sein Gesicht verborgen unter einer tief sitzenden Kapuze. Er bewegte sich langsam, als ob er wusste, dass er beobachtet wurde.

„Sind Sie die Polizei?" fragte er, ohne in ihre Richtung zu sehen.

Anna trat vorsichtig näher, die Hand an ihrer Waffe. „Wer sind Sie?"

Der Mann zog die Kapuze zurück und enthüllte
ein müdes, gezeichnetes Gesicht. „Ich war einer
von ihnen. Aber ich bin ausgestiegen, bevor es zu
spät war. Ich kann Ihnen helfen."

„Warum sollten wir Ihnen vertrauen?" fragte
Jürgen scharf.

Der Mann zuckte mit den Schultern. „Ich habe
keinen Grund zu lügen. Wenn ich das hier wollte,
wäre ich längst tot. Die Wächter verzeihen keinen
Verrat."

„Was wissen Sie?" fragte Anna, nun näher bei
ihm.

„Ich war dabei, als die Wächter sich neu
formierten", sagte der Mann leise. „Nach dem
Fall auf Holnis haben sie schnell gehandelt. Sie
wussten, dass sie das Netzwerk umstrukturieren
müssen, um nicht entdeckt zu werden. Ich war
für die Kommunikation zwischen verschiedenen
Zellen zuständig, aber ich konnte nicht mehr

weitermachen, als ich die Wahrheit über ihre Pläne erfuhr."

„Welche Pläne?" fragte Jürgen.

Der Informant sah sich kurz um, als ob er sicherstellen wollte, dass sie allein waren. „Die Wächter planen, ihre Macht auszuweiten. Nicht nur auf lokaler Ebene, sondern national. Sie haben Verbindungen zu hochrangigen Politikern, und sie wollen die Kontrolle über Schlüsselpositionen im Land übernehmen. Das hier ist viel größer als Holnis. Sie wollen Einfluss auf Regierungsebene."

Anna und Jürgen tauschten beunruhigte Blicke. Wenn das stimmte, waren sie in etwas viel Größeres hineingeraten, als sie ursprünglich dachten.

„Gibt es Beweise?" fragte Anna.

Der Informant nickte. „Ja, aber sie sind gut versteckt. Ich kann Ihnen die Orte nennen, an denen Sie sie finden können. Aber Sie müssen vorsichtig sein. Die Wächter beobachten alles."

Ein gefährlicher Plan

Anna und Jürgen hörten sich die Informationen des Informanten genau an. Er gab ihnen eine Liste von Orten, an denen die Wächter ihre Verbindungen und Pläne versteckten – Bankkonten, geheime Dokumente und Treffen, die in den nächsten Wochen stattfinden würden. Es war alles da, aber es war gefährlich.

„Wenn wir das angehen, haben wir keine Rückzugsmöglichkeit mehr", sagte Jürgen, als sie das Theater verließen. „Sobald wir diese Informationen veröffentlichen, wird es Krieg geben."

„Ja", stimmte Anna zu. „Aber wir haben keine Wahl. Wenn wir das hier nicht beenden, werden sie irgendwann die Kontrolle übernehmen. Das

hier könnte größer werden, als wir es uns jemals
vorgestellt haben."

Sie beschlossen, die Informationen an Petersen
und die Ermittler weiterzugeben. Doch bevor sie
das taten, mussten sie sicherstellen, dass sie
ausreichend Beweise hatten. Der nächste Schritt
würde riskant sein – sie mussten an einen der
Orte, die der Informant genannt hatte, um die
Dokumente zu sichern.

Der letzte Ort

Eine Woche später standen Anna und Jürgen vor
einem unscheinbaren Lagerhaus am Rande einer
Industriezone. Dies war einer der Orte, den der
Informant als Versteck der Wächter genannt
hatte. Hier sollten die wichtigsten Dokumente
aufbewahrt werden – die Beweise, die das
gesamte Netzwerk aufdecken könnten.

„Bist du bereit?" fragte Jürgen, während er sich
umsah. Das Lagerhaus war still, doch sie
wussten, dass sie beobachtet werden konnten.

„Ich habe keine andere Wahl", antwortete Anna.

Sie gingen hinein, immer wachsam, und fanden schließlich die versteckte Kammer, die der Informant beschrieben hatte. Drinnen waren Dutzende Kisten, gefüllt mit Papieren, Festplatten und Computern. Es war alles da – die Beweise, die sie brauchten.

Doch bevor sie etwas sichern konnten, hörten sie hinter sich das Geräusch einer Tür, die zuschlug.

„Das war's", sagte eine tiefe Stimme. „Ihr seid zu weit gegangen."

Sie drehten sich um und sahen mehrere Männer, alle in schwarzen Anzügen, die sie mit kalten Blicken anstarrten.

Die Falle schnappt zu

Kapitel 18: Die Falle

Die Bedrohung im Lagerhaus

Anna und Jürgen standen still, während die Männer in schwarzen Anzügen sich langsam auf sie zubewegten. Die Luft war schwer, und die kalten Blicke der Wächter verengten die ohnehin schon stickige Atmosphäre im Lagerhaus.

„Ihr habt euch wirklich tief in etwas hineinmanövriert, was ihr nicht versteht", sagte der Anführer der Gruppe, ein Mann in seinen Vierzigern mit scharfen Gesichtszügen. „Wir hätten euch schon auf Holnis stoppen sollen, aber jetzt gibt es kein Zurück mehr."

Anna spürte, wie ihr Herz raste, doch sie wusste, dass Panik sie jetzt nicht weiterbringen würde. Sie hatte sich auf gefährliche Situationen vorbereitet, aber nichts hätte sie auf diesen Moment vorbereiten können, in dem sie direkt im Zentrum des Feindes stand.

„Was wollt ihr?", fragte Jürgen ruhig, während er versuchte, eine Fluchtmöglichkeit zu erspähen.

Der Anführer lächelte kalt. „Was wir wollen? Ganz einfach: Macht. Und ihr habt euch in Dinge eingemischt, die viel größer sind, als ihr begreifen könnt. Ihr habt Dokumente entdeckt, die niemals ans Licht kommen dürfen."

„Es geht hier nicht nur um Macht", sagte Anna entschlossen, während sie die Männer ansah. „Es geht darum, dass ihr Menschen manipuliert und unterdrückt habt, um eure Ziele zu erreichen. Ihr habt Menschenleben zerstört, nur um eure Position zu sichern."

Der Mann zuckte nur mit den Schultern. „Das ist der Preis, den man zahlt. Die Welt wird von denen regiert, die bereit sind, Opfer zu bringen. Und ihr, meine Lieben, seid das nächste Opfer."

Anna spürte, wie sich die Lage zuspitzte. Sie warf Jürgen einen schnellen Blick zu, und er nickte kaum merklich. Sie wussten, dass sie kämpfen mussten – es gab keinen anderen Ausweg.

Der Kampf ums Überleben

Ohne Vorwarnung sprang Jürgen plötzlich nach vorne und schlug einem der Männer die Waffe aus der Hand. Chaos brach aus. Anna war sofort bei ihm und griff nach einer Kiste, um sie als Schild zu benutzen, während sie sich auf die Wächter stürzten.

„Lauf!" schrie Jürgen, während er einen der Männer zu Boden warf. Anna zögerte nicht und rannte durch das Labyrinth aus Kisten, während die anderen Wächter ihr folgten. Sie konnte ihre schweren Schritte hinter sich hören, doch ihr Adrenalin trieb sie voran. Es ging nicht nur um ihr eigenes Leben – es ging um die Beweise, die sie sichern mussten.

Sie erreichte eine Ecke des Lagers und sah, wie Jürgen sich mit den Männern herumschlug, die ihn in die Enge trieben. Anna griff nach einer Eisenstange, die an einer Wand lehnte, und

schlug auf den nächsten Wächter ein, der sich ihr
näherte. Ein lautes Klirren hallte durch den
Raum, als er zu Boden ging.

Doch es waren zu viele. Mehr Männer tauchten
auf, und Anna wusste, dass sie nicht lange
durchhalten konnten. Plötzlich ergriff sie die
Hand eines Funkgeräts, das einer der Wächter
verloren hatte, und rief Verstärkung.

„Wir brauchen Hilfe! Sofort!", schrie sie ins
Funkgerät und nannte die Koordinaten des
Lagerhauses. Doch bevor sie eine Antwort
bekam, wurde sie von einem der Männer gepackt
und zu Boden geworfen. Ihre Sicht verschwamm,
als ihr Kopf hart auf dem Betonboden aufschlug.

Der überraschende Verbündete

Gerade als die Lage aussichtslos schien, hörten
Anna und Jürgen das Quietschen von Reifen und
das Knallen von Türen. Schüsse fielen, und laute
Rufe durchbrachen die angespannte Stille.
Plötzlich stürmte eine Gruppe schwer
bewaffneter Polizisten das Lagerhaus.

„Runter auf den Boden!" brüllte einer der Polizisten, und die Wächter, die noch bei Bewusstsein waren, hatten keine andere Wahl, als sich zu ergeben. Die Verstärkung, die Anna gerufen hatte, war endlich eingetroffen.

Kommissar Petersen trat mit einem entschlossenen Blick auf die Männer zu, die gefesselt am Boden lagen. „Das war's", sagte er. „Euer Netzwerk ist zerstört. Ihr habt verloren."

Anna und Jürgen atmeten schwer, als sie sich schließlich aufrappelten. Der Kampf war vorbei – zumindest dieser. Doch tief in ihnen wussten sie, dass dies nur ein kleiner Teil des größeren Ganzen war.

Die Beweise sichern

Nachdem die Wächter überwältigt und verhaftet worden waren, sicherten die Ermittler die Beweise aus dem Lagerhaus. Die Akten, Festplatten und Dokumente, die dort gefunden wurden, enthielten detaillierte Pläne der Wächter und enthüllten ihre weitreichenden Verbindungen zu Politik und Wirtschaft.

„Das hier reicht, um das gesamte Netzwerk zu zerschlagen", sagte Petersen, während er durch die Dokumente blätterte. „Es wird Zeit brauchen, aber wir haben jetzt genug, um diese Leute zur Rechenschaft zu ziehen."

Anna nickte, doch sie spürte keine Erleichterung. „Es ist noch nicht vorbei", sagte sie leise. „Sie haben immer noch Verbündete, die im Schatten agieren. Es wird nicht einfach sein, sie alle aufzuspüren."

„Aber wir haben einen großen Schritt gemacht", fügte Jürgen hinzu. „Sie haben gedacht, sie könnten uns aufhalten, aber wir haben überlebt. Jetzt liegt es an uns, dafür zu sorgen, dass sie keine zweite Chance bekommen."

Eine neue Gefahr

In den Wochen nach der Verhaftung der Wächter und der Sicherung der Beweise folgten landesweite Ermittlungen. Viele hochrangige Persönlichkeiten, die in den Dokumenten erwähnt wurden, wurden verhaftet oder unter Beobachtung gestellt. Es schien, als ob das Netzwerk der Wächter endgültig zerschlagen war.

Doch die Ruhe war trügerisch. Immer wieder erhielt Anna anonyme Nachrichten, in denen angedeutet wurde, dass die Wächter noch immer lebten – im Verborgenen, vielleicht sogar mit neuen Anführern.

Eines Abends, als Anna spät in ihrer Wohnung saß, erhielt sie eine weitere Nachricht auf ihrem Handy. Es war dieselbe kryptische Warnung, die sie schon einmal erhalten hatte: **„Die Wächter leben weiter."**

Anna spürte, wie sich ein Schauer über ihren Rücken zog. Wer auch immer diese Nachricht schickte, wusste mehr, als er preisgab. Es war klar, dass sie noch nicht sicher waren.

Ein neues Kapitel

Anna wusste, dass der Kampf gegen die Wächter nicht wirklich vorbei war. Die jüngsten Ereignisse hatten gezeigt, dass diese Organisation bereit war, alles zu tun, um ihre Macht zu sichern. Sie waren gut vernetzt, skrupellos und würden nicht so leicht aufgeben.

„Was denkst du?" fragte Jürgen eines Tages, als sie sich im Büro über die neuesten Entwicklungen unterhielten. „Meinst du, wir sind wirklich am Ende dieser Sache?"

Anna sah ihn ernst an. „Nein. Das war nur ein kleiner Teil. Ich habe das Gefühl, dass das, was wir aufgedeckt haben, nur die Oberfläche ist. Es gibt mehr, und sie werden zurückschlagen, sobald sie sich neu organisiert haben."

„Und was machen wir jetzt?" fragte Jürgen.

Anna dachte einen Moment nach, bevor sie antwortete. „Wir müssen weitermachen. Wir müssen tiefer graben und die restlichen Mitglieder aufspüren, bevor sie sich wieder neu formieren können. Solange die Wächter existieren, wird keine Ruhe einkehren."

Jürgen nickte, und sie wussten beide, dass ihre Arbeit noch lange nicht vorbei war.

Auseinandersetzung mit einer mächtigen, weitreichenden Organisation, die bereit ist, alles zu tun, um an der Macht zu bleiben.

Kapitel 19: Die Rückkehr der Dunkelheit

Unruhige Stille

Es war Wochen her, seit die Wächter im Lagerhaus zerschlagen worden waren, aber die Unruhe in Anna blieb bestehen. Trotz der Festnahmen und der sichergestellten Beweise hatten die anonymen Nachrichten, die sie erhielt, nicht aufgehört. „Die Wächter leben weiter" – dieser Satz verfolgte sie. Wer auch immer diese Botschaften schickte, wusste mehr, als die Ermittler je vermutet hatten.

„Vielleicht ist es nur ein letzter Versuch, uns zu verunsichern", sagte Jürgen, als sie an einem späten Nachmittag in ihrem Büro saßen, die neuesten Entwicklungen durchgehend.

„Vielleicht", antwortete Anna, doch sie klang nicht überzeugt. „Aber was, wenn sie wirklich noch da draußen sind? Wir wissen, dass sie Verbindungen haben, die tief in die Gesellschaft hineinreichen. Wir haben nur die Oberfläche aufgedeckt. Die eigentlichen Strippenzieher haben wir noch nicht gefunden."

Jürgen lehnte sich zurück und rieb sich über das Gesicht. „Dann müssen wir tiefer graben. Aber dieses Mal müssen wir anders vorgehen. Wenn wir weiterhin an der Oberfläche kratzen, werden sie sich immer wieder neu formieren."

Anna nickte. „Ja, aber dieses Mal müssen wir eine andere Taktik wählen. Wir können nicht mehr nur reagieren – wir müssen offensiv werden."

Neue Spuren, alte Bekannte

Eines Abends erhielt Anna eine unerwartete Nachricht von Kommissar Petersen. „Es gibt Neuigkeiten", sagte er am Telefon. „Wir haben einen weiteren Informanten gefunden – jemanden, der im direkten Kontakt mit den höheren Kreisen der Wächter stand. Er hat sich freiwillig gestellt und will kooperieren."

Anna war sofort alarmiert. „Warum will er kooperieren?“

„Er behauptet, er habe zu viel Angst, weiterhin im Verborgenen zu bleiben. Es scheint, als ob die Wächter langsam ihre Macht verlieren, und er will auf der richtigen Seite stehen, bevor alles zusammenbricht.“

„Wo ist er jetzt?“ fragte Anna.

„In einem gesicherten Verhörraum“, sagte Petersen. „Wir können uns sofort mit ihm treffen, wenn du möchtest.“

Anna und Jürgen machten sich sofort auf den Weg. Der neue Informant könnte der Schlüssel sein, um das Netzwerk endgültig zu zerschlagen.

Als sie das Verhörzimmer betraten, sahen sie einen Mann in seinen Fünfzigern, müde und gezeichnet von der Angst. Sein Gesicht war blass, und seine Hände zitterten, als er versuchte, ruhig zu bleiben.

„Ich kann euch helfen", sagte er leise, als Anna und Jürgen sich setzten. „Aber ihr müsst verstehen, dass sie noch immer sehr mächtig sind."

„Erzählen Sie uns alles", forderte Anna.

Der Mann atmete tief durch. „Ich habe für sie gearbeitet, aber nie in den Vordergrund gedrängt. Mein Job war es, Kontakte zu knüpfen, Beziehungen zu pflegen, und dafür zu sorgen, dass unsere Leute in wichtigen Positionen blieben. Ich war nicht direkt involviert, als die Ereignisse auf Holnis passierten, aber ich weiß, wer die Drahtzieher waren."

Jürgen lehnte sich vor. „Wer sind sie? Wer sind die Köpfe dieser Organisation?"

Der Informant zögerte, als ob er jedes Wort abwägen müsste. „Die wahre Macht liegt nicht bei denen, die ihr bereits gefasst habt. Die Wächter sind nur der äußere Ring. Die wirklichen Anführer sitzen viel höher. Sie kontrollieren nicht nur kleine Netzwerke – sie haben Einfluss auf Regierungen, auf Unternehmen, auf die Medien. Und sie planen, diese Kontrolle weiter auszubauen."

Anna spürte, wie sich ihre Kehle zuschnürte.
„Wer sind diese Leute? Geben Sie uns Namen."

Der Mann sah sie lange an, bevor er schließlich sagte: „Einer von ihnen heißt Hartmann. Er ist ein einflussreicher Geschäftsmann, und er hat Verbindungen zu den höchsten Kreisen. Aber er ist nicht der einzige. Es gibt mehrere. Sie agieren im Verborgenen, unter dem Deckmantel von Wohltätigkeitsorganisationen, politischen Think-Tanks und sogar internationalen Konferenzen."

„Wo finden wir Hartmann?" fragte Jürgen.

„Er hat ein Anwesen außerhalb von Berlin. Aber ihr müsst vorsichtig sein. Hartmann ist nicht jemand, den man einfach verhaften kann. Er hat zu viele Verbindungen, zu viel Macht. Wenn ihr ihn zu Fall bringen wollt, braucht ihr mehr als nur ein paar Beweise. Ihr müsst das ganze System erschüttern."

Ein gefährliches Spiel

Anna und Jürgen wussten, dass sie auf dünnem Eis standen. Hartmann war nicht nur irgendein Geschäftsmann – er war einer der mächtigsten Männer des Landes. Seine Verbindungen reichten weit, und er hatte genug Einfluss, um jeden Versuch, ihn zur Rechenschaft zu ziehen, im Keim zu ersticken. Doch sie hatten keine Wahl.

„Wir brauchen mehr Informationen, bevor wir handeln", sagte Anna, als sie das Büro verließen. „Wenn wir Hartmann einfach angreifen, ohne wasserdichte Beweise, wird das alles in sich zusammenfallen."

„Vielleicht können wir ihn austricksen", schlug Jürgen vor. „Wir müssen ihn glauben lassen, dass er sicher ist, während wir ihn langsam einkreisen."

Sie begannen, eine Strategie zu entwickeln. Sie wussten, dass Hartmann ein kluger und vorsichtiger Mann war, aber sie mussten einen Weg finden, ihn zu überlisten. Der Schlüssel lag darin, sein Vertrauen zu gewinnen, indem sie vortäuschten, Teil seines Netzwerks zu sein – eine gefährliche Täuschung, die jede Menge Risiko mit sich brachte.

In den Fängen des Feindes

Anna und Jürgen setzten ihren Plan in Bewegung. Sie nahmen Kontakt zu einer Person auf, die Hartmann nahestand – ein hochrangiger Politiker, der bei einer von Hartmanns Wohltätigkeitsveranstaltungen regelmäßig zu Gast war. Unter dem Vorwand, neue potenzielle Verbündete in den Wirtschaftskreisen zu suchen, gelang es ihnen, einen Termin bei Hartmann zu arrangieren.

Hartmanns Anwesen war ein prächtiges, abgeschiedenes Landhaus, umgeben von hohen Mauern und Sicherheitskameras. Es war offensichtlich, dass hier nicht nur geschäftliche Treffen stattfanden – dieses Haus war ein Bollwerk gegen jeden, der versuchte, in Hartmanns Welt einzudringen.

„Sei vorsichtig", flüsterte Jürgen, als sie durch das schwere Eingangstor schritten. „Wenn er auch nur ahnt, dass wir gegen ihn arbeiten, sind wir erledigt."

Sie wurden in ein elegantes Wohnzimmer geführt, wo Hartmann bereits auf sie wartete. Er war ein stattlicher Mann, makellos gekleidet, mit einem Lächeln, das viel zu freundlich war, um ehrlich zu wirken.

„Kommissarin Hansen, Herr Behrends", sagte er und erhob sich, um sie zu begrüßen. „Ich habe von Ihnen gehört. Es ist eine Ehre, Sie hier zu haben."

„Die Ehre ist ganz unsererseits", antwortete Anna
kühl, während sie sich setzte. Ihr Herz raste,
doch sie durfte sich nichts anmerken lassen.

„Was kann ich für Sie tun?" fragte Hartmann,
während er sie mit neugierigen Augen
betrachtete.

„Wir wollten mehr über Ihre Arbeit erfahren",
begann Jürgen. „Ihre Projekte, Ihre Visionen. Es
gibt vieles, das uns beeindruckt hat."

Hartmanns Blick verengte sich leicht. „Nun, ich
freue mich, dass Sie interessiert sind. Aber sagen
Sie mir – warum genau sind Sie hier? Was hoffen
Sie, von mir zu erfahren?"

Es war der Moment der Wahrheit. Anna spürte,
dass Hartmann sie testete. Wenn sie jetzt einen
Fehler machte, könnte alles zusammenbrechen.

„Wir wollen verstehen, wie Sie so weit gekommen
sind", sagte Anna schließlich. „Wie Sie es

geschafft haben, in so viele Bereiche vorzudringen. Und wir wollen wissen, wie wir Ihnen nützlich sein können."

Hartmann lächelte, doch in seinen Augen war ein Funke, der sie warnte, dass er längst vermutete, dass sie nicht das waren, was sie vorgaben zu sein.

„Nun, das ist eine interessante Frage", sagte er leise. „Aber seien Sie vorsichtig, was Sie sich wünschen. Manchmal gibt es Dinge, die besser im Verborgenen bleiben."

Der nächste Schritt

Anna und Jürgen verließen das Anwesen, ohne dass Hartmann weiter Verdacht schöpfte – zumindest dachten sie das. Doch beide wussten, dass sie sich auf gefährlichem Boden befanden. Hartmann war kein Mann, der Fehler zuließ, und wenn er sie durchschaute, würde er alles tun, um sie zu stoppen.

„Er weiß, dass wir etwas vorhaben", sagte Anna, als sie das Auto erreichten. „Das war keine harmlose Begegnung."

„Ich weiß", sagte Jürgen. „Aber wir haben zumindest eine Tür geöffnet. Jetzt müssen wir nur noch herausfinden, wie wir sie weit genug aufstoßen können, ohne dass sie uns zerschmettert."

„Und das wird der gefährlichste Teil", sagte Anna leise. „Denn Hartmann wird nicht warten, bis wir ihn zu Fall bringen. Er wird uns zuvorkommen wollen."

Eine neue Bedrohung

Die nächsten Tage verbrachten Anna und Jürgen damit, Beweise zu sammeln, Kontakte zu knüpfen und tief in Hartmanns Netzwerk einzutauchen. Doch dann geschah

das Unvermeidliche: Eines Nachts, als Anna
gerade nach Hause kam, fand sie eine weitere
anonyme Nachricht in ihrem Briefkasten.

Doch dieses Mal war es keine kryptische
Warnung. Diesmal stand nur ein Satz auf dem
Papier:

„Wir wissen, wer du bist."

Kapitel 20: Ein Spiel auf Leben und Tod

Der Beginn einer neuen Jagd

Die anonyme Nachricht – „Wir wissen, wer du bist" – lastete schwer auf Anna. Es war der klare Beweis, dass Hartmann sie durchschaut hatte. Sie und Jürgen hatten es geschafft, in sein Netzwerk einzudringen, aber er hatte längst erkannt, dass sie nicht hier waren, um sich seinem Kreis anzuschließen. Stattdessen wusste er, dass sie ihn zu Fall bringen wollten. Der nächste Schritt war offensichtlich: Hartmann würde handeln, bevor sie genug Beweise sammeln konnten, um ihn zu stürzen.

Anna saß still in ihrer Wohnung, das Papier in ihren Händen. Sie konnte spüren, wie der Schatten der Wächter dichter wurde, als ob sich eine unsichtbare Schlinge um sie legte. Ihr Atem ging schwer, während ihre Gedanken rasten. Sie wusste, dass sie jetzt schnell handeln mussten, bevor Hartmann zum Gegenschlag ausholen konnte.

„Jürgen, wir müssen alles beschleunigen“, sagte sie, als sie ihn spät in der Nacht anrief. „Er weiß, dass wir ihn entlarven wollen.“

„Ich hatte es befürchtet“, antwortete Jürgen am anderen Ende der Leitung, seine Stimme angespannt. „Was machen wir jetzt? Wir haben noch nicht genug, um ihn öffentlich bloßzustellen.“

„Wir müssen riskieren, was wir haben“, sagte Anna entschlossen. „Wir haben ein paar Kontakte, die bereit sind zu reden, und die Beweise, die wir aus dem Lagerhaus sichergestellt haben, sind ein guter Anfang. Wenn wir diese mit den richtigen Informationen kombinieren, können wir Hartmann vielleicht dazu zwingen, einen Fehler zu machen.“

„Das ist gefährlich“, warnte Jürgen. „Wenn er wirklich so gut vernetzt ist, könnte er uns von heute auf morgen aus dem Spiel nehmen. Und ich meine nicht nur beruflich.“

Anna wusste, dass er recht hatte, doch sie hatte keine andere Wahl. „Wenn wir nichts tun, wird er uns ausmanövrieren, bevor wir auch nur die Chance bekommen, ihn zu Fall zu bringen."

Jürgen seufzte. „Also gut. Was ist der Plan?"

Ein gewagter Plan

Anna und Jürgen beschlossen, offensiv zu werden. Sie würden die Informationen, die sie bereits hatten, an die Presse durchsickern lassen. Eine Serie kleiner, aber schlagkräftiger Artikel über die kriminellen Machenschaften, in die Hartmann verwickelt war, sollten veröffentlicht werden. Gleichzeitig würden sie versuchen, mehr Zeugen und ehemalige Mitglieder der Wächter dazu zu bewegen, auszusagen.

„Das wird ihn unter Druck setzen", sagte Anna, als sie in ihrem Büro saß und den Plan mit Jürgen durchging. „Wenn er das Gefühl hat, dass ihm die Kontrolle entgleitet, wird er versuchen, zu

reagieren. Und genau in diesem Moment müssen
wir zuschlagen."

„Und wenn er uns entkommt?", fragte Jürgen.

„Dann haben wir zumindest die Öffentlichkeit auf
unserer Seite", sagte Anna. „Je mehr
Aufmerksamkeit wir erzeugen, desto schwieriger
wird es für ihn, sich zu verstecken."

Der Plan war riskant, aber es gab keine
Alternative. Sie mussten Hartmann in die Enge
treiben, bevor er sie vernichten konnte.

Die erste Welle der Enthüllungen

Wenige Tage später erschien der erste Artikel in
einer großen überregionalen Zeitung. Darin
wurde beschrieben, wie Hartmann in geheime
Geschäfte mit dubiosen Unternehmen verwickelt
war, die ausländische Gelder in politische Kreise
lenkten. Es wurde angedeutet, dass er ein Netz
aus Korruption und illegalen Absprachen
aufgebaut hatte, um seinen Einfluss auf die
Politik zu vergrößern.

„Das ist nur der Anfang", sagte Anna, als sie die Zeitung las. „Es wird bald mehr kommen."

Doch noch bevor der zweite Artikel veröffentlicht werden konnte, schlug Hartmann zurück. Plötzlich tauchten in den Medien Geschichten auf, die Anna und Jürgen diskreditierten. In einer großen Boulevardzeitung erschien ein Bericht, der behauptete, Anna habe während der Ermittlungen auf Holnis Beweise gefälscht und unschuldige Personen belastet. Auch Jürgen wurde als fragwürdiger Ermittler dargestellt, der sich persönlich bereichert haben sollte.

„Das ist er", sagte Jürgen, als er den Artikel las. „Hartmann spielt uns jetzt den Ball zurück. Er will uns durch den Dreck ziehen, bevor wir ihn endgültig bloßstellen können."

Anna spürte die Anspannung, die sie von allen Seiten umgab. Die Öffentlichkeit war leicht zu beeinflussen, und sobald Zweifel an ihrer Integrität aufkamen, würde es schwierig werden, ihre Seite der Geschichte darzulegen. Doch sie wusste, dass dies nur der Anfang war.

„Er versucht, uns zu destabilisieren", sagte Anna ruhig. „Aber wir dürfen nicht zulassen, dass das funktioniert. Wir haben die Wahrheit auf unserer Seite."

Die Suche nach neuen Verbündeten

Um der medialen Gegenkampagne entgegenzuwirken, mussten Anna und Jürgen neue Verbündete finden. Sie begannen, sich an investigative Journalisten zu wenden, die für ihre Unabhängigkeit bekannt waren. Einer dieser Journalisten, ein hartnäckiger Reporter namens Thomas Bachmann, war bereit, sich mit ihnen zu treffen.

„Ich habe von euren Ermittlungen gehört", sagte Bachmann, als sie sich in einem kleinen Café trafen. „Wenn das, was ihr sagt, stimmt, habt ihr es mit einem der mächtigsten Männer des Landes zu tun. Warum sollte ich glauben, dass ihr nicht einfach nur zwei Polizisten seid, die in einem persönlichen Rachefeldzug gefangen sind?"

Anna blieb ruhig. „Weil wir Beweise haben. Wir haben Dokumente, Augenzeugen und eine Menge Daten, die zeigen, dass Hartmann viel mehr ist als nur ein Geschäftsmann. Er leitet eine kriminelle Organisation, die sich als legitimes Netzwerk tarnt, und er hat Verbindungen bis in die höchsten politischen Kreise.“

Bachmann nickte langsam, nachdenklich. „Ich bin bereit, das zu prüfen. Aber ihr müsst verstehen, dass es keine Garantie gibt. Hartmann hat sehr mächtige Freunde, und wenn ich diesen Weg gehe, könnte es mich auch meine Karriere kosten.“

„Wir brauchen nur einen, der bereit ist, die Wahrheit zu erzählen“, sagte Jürgen. „Sobald die ersten Beweise veröffentlicht sind, werden andere folgen. Hartmann wird unter Druck geraten.“

Bachmann sah sie beide an, dann nickte er. „In Ordnung. Ich werde es wagen. Aber seid vorbereitet – sobald das hier öffentlich wird, wird es keine Rückkehr mehr geben.“

Die Falle schnappt zu

Einige Wochen später, als die Medienberichte über Hartmann immer lauter wurden und die Untersuchungen gegen ihn konkrete Formen annahmen, passierte das, was Anna und Jürgen befürchtet hatten: Hartmann schlug endgültig zurück.

Es begann damit, dass Anna in einer ruhigen Nacht nach Hause kam und ihre Wohnung durchwühlt vorfand. Jemand hatte alle ihre persönlichen Papiere, Notizen und Unterlagen durchstöbert. Sofort wusste sie, dass dies nicht das Werk eines gewöhnlichen Einbrechers war – Hartmann hatte seine Leute geschickt.

„Sie waren hier", sagte Anna leise zu sich selbst, während sie durch die Wohnung ging. „Sie suchen nach etwas, das sie gegen mich verwenden können."

Als sie Jürgen anrief, erfuhr sie, dass auch bei ihm eingebrochen worden war. „Es ist dasselbe bei mir", sagte er. „Sie suchen nach Beweisen oder Informationen, die sie nutzen können."

Anna wusste, dass dies ein klares Signal war: Hartmann würde vor nichts zurückschrecken, um sie zu stoppen. Er wollte nicht nur ihre berufliche Existenz zerstören – er wollte sie komplett ausschalten.

Der Feind im Verborgenen

In den nächsten Tagen wurden Anna und Jürgen zunehmend überwacht. Es war offensichtlich, dass Hartmanns Männer sie beobachteten. Egal, wohin sie gingen, sie spürten die Blicke im Nacken, sahen immer wieder dieselben Autos, die sie folgten.

„Wir sind in Gefahr", sagte Anna eines Nachts zu Jürgen, als sie sich heimlich trafen. „Er spielt mit uns. Wenn wir nicht schnell handeln, könnte es zu spät sein."

„Was ist der nächste Schritt?", fragte Jürgen, während sie die Situation durchdachten.

„Wir müssen Hartmann in eine Falle locken",
sagte Anna. „Wir wissen, dass er uns überwacht.
Wenn wir ihn dazu bringen, einen Fehler zu
machen – vielleicht einen Zug, der zu
offensichtlich ist – können wir das gegen ihn
verwenden. Wir müssen ihm das Gefühl geben,
dass er die Kontrolle hat, während wir ihn in die
Enge treiben."

Es war ein riskanter Plan, aber es gab keine
andere Möglichkeit. Anna und Jürgen
beschlossen, einen letzten entscheidenden
Schritt zu machen: Sie würden Hartmann
glauben lassen, dass sie aufgeben und bereit
wären, einen Deal mit ihm einzugehen. Doch
während er versuchte, seine Macht über sie zu
sichern, würden sie die wahren Beweise gegen
ihn zusammenstellen und ihn endgültig
bloßstellen.

Das letzte Spiel

Ein paar Tage später arrangierten Anna und Jürgen ein Treffen mit Hartmann. Sie ließen ihn glauben, dass sie bereit waren, einen Handel einzugehen, um ihre berufliche Existenz zu retten. Hartmann, der immer selbstbewusster wurde, stimmte dem Treffen zu.

Es fand in einem luxuriösen Restaurant statt, weit entfernt von den neugierigen Blicken der Öffentlichkeit. Hartmann saß ruhig und entspannt

 am Tisch, als Anna und Jürgen eintraten. Sein Lächeln war kalt und überheblich.

„Also, ihr habt endlich verstanden, dass ihr diesen Kampf nicht gewinnen könnt", sagte Hartmann, während er sie mit seinen stechenden Augen musterte.

„Vielleicht", sagte Anna ruhig. „Aber wir wollen über Optionen sprechen."

Hartmann lehnte sich zurück und beobachtete sie genau. „Nun, ich bin bereit, zuzuhören. Was schlagt ihr vor?"

Doch bevor Anna antworten konnte, tauchte plötzlich eine Gruppe von Polizisten im Restaurant auf. Kommissar Petersen war an der Spitze, und mit ihm kamen mehrere hochrangige Ermittler.

„Herr Hartmann", sagte Petersen, während er an den Tisch trat, „Sie sind verhaftet."

Hartmann erstarrte. Für einen Moment schien es, als ob er die Kontrolle verloren hatte – zum ersten Mal. „Was soll das?", fragte er, während er sich langsam erhob.

„Wir haben genug Beweise, um Sie wegen Korruption, Geldwäsche und Verschwörung anzuklagen", sagte Petersen ruhig. „Ihre Zeit ist abgelaufen."

Anna und Jürgen sahen zu, wie Hartmann in Handschellen abgeführt wurde. Es war ein Moment des Triumphes, doch sie wussten, dass dies nur ein kleiner Teil des Kampfes war. Die Wächter waren tief verwurzelt, und auch wenn Hartmann nun hinter Gittern saß, würde der Krieg gegen die Organisation weitergehen.

Nachspiel

Mit der Verhaftung von Hartmann begann eine neue Phase der Ermittlungen. Mehrere seiner Geschäftspartner und politischen Verbündeten wurden ebenfalls verhaftet, und die Medien berichteten ausführlich über den Fall. Es war der Anfang vom Ende eines Netzwerks, das viel zu lange im Verborgenen agiert hatte.

„Wir haben es geschafft", sagte Jürgen eines Abends, als sie zusammen in einem Café saßen. „Aber ich habe das Gefühl, dass es noch nicht vorbei ist."

Anna nickte. „Hartmann war nur ein Teil des Puzzles. Es gibt noch mehr. Aber wir haben einen großen Schritt gemacht. Jetzt liegt es an uns, sicherzustellen, dass die Wächter nicht wieder auferstehen."

Doch tief in ihnen wussten sie beide, dass der Kampf noch lange nicht vorbei war. Es gab immer noch dunkle Figuren im Hintergrund, die bereit waren, die Macht, die Hartmann verloren hatte, zu übernehmen. Die Wächter waren schwer zu töten – aber Anna und Jürgen waren bereit, den Kampf weiterzuführen, egal wie gefährlich er wurde.

Kapitel 21: Im Schatten der Macht

Der Sieg und die Zweifel

Die Festnahme von Hartmann fühlte sich wie ein großer Sieg an, doch Anna spürte, dass etwas nicht stimmte. Sie stand am Fenster ihres Büros und sah hinaus auf die Stadt, die in der Abenddämmerung unterging. Der Fall Hartmann war in den Medien ein großes Thema, und überall wurde über das Netzwerk der Wächter berichtet. Politiker und Geschäftsleute wurden in die Ermittlungen verwickelt, und es schien, als ob das Netzwerk endlich zerbrechen würde.

Doch tief in ihrem Inneren konnte Anna nicht anders, als zu zweifeln. Sie wusste, dass Hartmann nicht das alleinige Oberhaupt des Netzwerks war. Er war mächtig, ja, aber zu viele Hinweise deuteten darauf hin, dass es noch größere Drahtzieher gab – Menschen, die im Verborgenen agierten und vielleicht sogar Hartmann manipuliert hatten.

„Hartmann war nur ein Baustein", sagte sie leise zu sich selbst. „Die eigentlichen Puppenspieler sind noch da draußen."

Als Jürgen das Büro betrat, bemerkte er sofort ihre Anspannung. „Du siehst nicht so aus, als ob du gerade einen der mächtigsten Männer des Landes zu Fall gebracht hättest", sagte er und setzte sich auf den Stuhl neben ihrem Schreibtisch.

Anna drehte sich zu ihm um. „Weil es nicht genug ist. Hartmann ist weg, aber das Netzwerk ist viel größer, als wir dachten. Wir haben nur an der Oberfläche gekratzt. Was ist mit den Menschen, die ihn gesteuert haben? Denen, die sich hinter den Kulissen verstecken?"

Jürgen lehnte sich nachdenklich zurück. „Du glaubst also, dass es noch mehr gibt. Dass wir noch nicht am Ende sind?"

„Ich weiß es", antwortete Anna. „Und wir müssen sie finden, bevor sie wieder die Kontrolle übernehmen."

Ein unerwarteter Hinweis

Während die Ermittlungen gegen Hartmann weiterliefen, ging bei Anna eine Nachricht ein, die alles veränderte. Es war keine anonyme Drohung wie zuvor – diese Nachricht kam von einer unerwarteten Quelle: dem Informanten, der ihr und Jürgen geholfen hatte, Hartmann zu entlarven.

Die Nachricht war kurz und eindeutig: **„Hartmann war nicht das Ende. Es gibt jemanden, der viel gefährlicher ist. Wenn ihr mehr wissen wollt, trefft mich heute Nacht am alten Industriehafen."**

Anna zeigte Jürgen die Nachricht, und beide tauschten besorgte Blicke. „Könnte eine Falle sein", sagte Jürgen, als er die Nachricht las. „Vielleicht will uns jemand hinlocken."

„Vielleicht", sagte Anna nachdenklich. „Aber was, wenn es echt ist? Was, wenn es der einzige Hinweis ist, den wir haben, um die anderen zu finden? Wir können es uns nicht leisten, das zu ignorieren."

Sie beschlossen, das Risiko einzugehen. Es war gefährlich, aber sie wussten, dass sie nicht aufgeben konnten, bevor sie das gesamte Netzwerk der Wächter zerschlagen hatten.

Das Treffen im Industriehafen

Spät in der Nacht machten sich Anna und Jürgen auf den Weg zum alten Industriehafen. Der Ort war verlassen, von der Stadt abgewandt und von heruntergekommenen Lagerhäusern umgeben. Der Wind peitschte durch die leeren Gassen, und das einzige Geräusch war das leise Rauschen des Wassers.

„Hier ist niemand", sagte Jürgen, während sie das Gelände durchquerten. „Es könnte eine Falle sein. Wir müssen vorsichtig sein."

Anna hielt die Hand an ihrer Waffe, während sie sich umblickte. „Vielleicht ist er noch nicht da.“

Plötzlich hörten sie Schritte. Aus dem Schatten trat eine Gestalt hervor – es war der Informant. Er sah nervös aus, seine Augen huschten umher, als ob er befürchtete, beobachtet zu werden.

„Ihr seid gekommen“, sagte er leise. „Gut, denn was ich euch sagen muss, kann ich nirgendwo sonst erzählen. Sie beobachten alles.“

„Was hast du für uns?“ fragte Anna direkt.

Der Informant trat näher und sprach in gedämpftem Tonfall. „Hartmann war nur ein kleines Rad im Getriebe. Es gibt jemanden, der viel gefährlicher ist, jemand, der das Netzwerk von den höchsten Ebenen aus kontrolliert. Sein Name ist noch nie gefallen, weil er sich geschickt verborgen hat. Er zieht die Fäden, und niemand wagt es, ihn zu erwähnen.“

„Wer ist er?" fragte Jürgen, die Anspannung in seiner Stimme deutlich spürbar.

„Sein Name ist Krause", antwortete der Informant. „Konrad Krause. Ein alter Name in der Politik, aber er hat sich immer im Hintergrund gehalten. Er hat enge Verbindungen zu Wirtschaft und Geheimdiensten. Er weiß, wie man unsichtbar bleibt, und das macht ihn so gefährlich. Jeder, der ihm zu nahe kommt, verschwindet."

„Warum erzählst du uns das jetzt?" fragte Anna misstrauisch.

Der Informant zögerte. „Weil ich selbst in Gefahr bin. Wenn sie herausfinden, dass ich mit euch gesprochen habe, werde ich der Nächste sein, der verschwindet. Aber ich kann nicht länger schweigen. Krause ist der wahre Anführer der Wächter. Und wenn ihr ihn nicht stoppt, wird alles, was ihr erreicht habt, bedeutungslos sein."

Anna spürte, wie ihre Kehle trocken wurde.
Konrad Krause war ein Name, den sie nur vage
kannte – ein einflussreicher Politiker, der immer
unauffällig geblieben war. Doch wenn der
Informant recht hatte, dann war er viel mehr als
nur ein Politiker.

„Wie können wir ihn finden?" fragte Jürgen.

„Er trifft sich regelmäßig mit seinen Leuten, aber
nie an denselben Orten", sagte der Informant. „Er
ist paranoid, wechselt ständig seine Standorte.
Aber es gibt einen Ort, den er immer wieder
besucht – eine abgelegene Villa am See, weit weg
von neugierigen Blicken. Wenn ihr ihn dort
erwischt, könnt ihr das gesamte Netzwerk
sprengen."

Anna und Jürgen tauschten einen Blick. Das
klang riskant, aber es könnte ihre einzige Chance
sein, Krause zu entlarven.

„Wir müssen sicherstellen, dass er nicht entkommt", sagte Anna. „Diesmal dürfen wir keinen Fehler machen."

Die geheime Villa

In den folgenden Tagen bereiteten Anna und Jürgen sich auf ihre nächste Mission vor. Sie sammelten alle Informationen über Krause und sein Netzwerk, die sie bekommen konnten. Doch es gab nur wenige Spuren – Krause war ein Meister der Tarnung. Niemand wusste genau, wie er operierte, und das machte ihn so gefährlich.

„Wenn wir ihn aus dem Schatten holen, müssen wir es mit Präzision tun", sagte Anna, als sie die Pläne durchgingen. „Es wird keine zweite Chance geben."

„Wir haben genug Beweise gegen Hartmann gesammelt, aber Krause wird es nicht so einfach machen", sagte Jürgen. „Er wird jede Lücke nutzen, um zu entkommen."

Schließlich erhielten sie einen entscheidenden Hinweis. Einer von Krauses engeren Vertrauten, ein Geschäftsmann, war bereit, gegen ihn auszusagen – allerdings nur im Austausch für Schutz. Er erklärte sich bereit, die Villa am See zu verraten, die Krause regelmäßig besuchte.

Die Villa lag tief in den Wäldern, gut versteckt und abseits jeglicher Zivilisation. Es war der perfekte Ort für geheime Treffen und illegale Machenschaften.

„Das ist unsere Chance", sagte Anna, als sie das Team zusammenrief, um die Operation zu planen. „Wenn wir ihn hier erwischen, haben wir genug, um ihn zu Fall zu bringen."

Der Zugriff

In einer kalten, regnerischen Nacht machten sich Anna, Jürgen und das Ermittlerteam auf den Weg zur Villa. Sie näherten sich vorsichtig, um nicht entdeckt zu werden. Der Plan war klar: Sie würden die Villa umstellen und Krause festnehmen, bevor er die Gelegenheit hatte, zu fliehen.

Als sie näherkamen, bemerkte Anna, dass die Villa stärker bewacht war, als sie erwartet hatten. Männer mit Funkgeräten patrouillierten das Gelände, und es gab mehrere Sicherheitskameras.

„Er weiß, dass er überwacht wird", flüsterte Jürgen. „Das macht ihn gefährlich."

„Bleib ruhig", sagte Anna. „Wir haben den Überraschungseffekt auf unserer Seite."

Mit präziser Koordination bewegte sich das Team auf die Villa zu. Als sie die Mauern erklommen, konnten sie sehen, wie Krause und eine Gruppe von Männern in der großen Halle der Villa saßen. Es war ein vertrauliches Treffen, eines von vielen, die er organisiert hatte, um seine Macht zu sichern.

„Jetzt", flüsterte Anna ins Funkgerät, und das Team stürmte die Villa.

Das Chaos brach aus. Krauses Männer zogen Waffen, aber das Ermittlerteam war vorbereitet. Es kam zu einem kurzen, heftigen Schusswechsel, bei dem mehrere Wachen überwältigt wurden. Krause selbst versuchte, durch einen Hinterausgang zu entkommen, doch Jürgen war schneller.

„Nicht so schnell", sagte Jürgen, als er Krause mit der Waffe im Anschlag gegenüberstand.

Krause blieb stehen, hob die Hände und lächelte kalt. „Ihr wisst nicht, in was ihr euch hier einmischt", sagte er. „Ich bin nicht das Ende – ich bin nur der Anfang."

Anna trat zu ihnen und packte Krause am Arm. „Dann ist es Zeit, dass das Ende beginnt."

Die Enthüllung

Die Verhaftung von Krause war ein Schock für die Öffentlichkeit. Als die Nachricht bekannt wurde, dass einer der einflussreichsten Politiker des Landes der Kopf hinter dem Netzwerk der Wächter war, brach ein Sturm der Entrüstung los. Die Medien berichteten über die Verhaftung, und es wurden neue Ermittlungen gegen hochrangige Persönlichkeiten eingeleitet, die mit Krause in Verbindung standen.

Anna und Jürgen wussten, dass dies nur der Anfang war. Die Wächter hatten ihre Tentakel tief in die Strukturen des Landes eingeführt, und es würde Jahre dauern, bis all ihre Verbindungen aufgedeckt waren. Doch sie hatten den Kopf der Schlange erwischt.

„Wir haben ihn", sagte Anna, als sie im Büro saßen und die Berichte durchgingen. „Krause ist weg. Jetzt müssen wir den Rest seines Netzwerks zerschlagen."

„Aber er hatte recht", sagte Jürgen nachdenklich.
„Er ist nicht das Ende. Es gibt immer jemanden,
der bereit ist, die Macht zu übernehmen, wenn
ein anderer fällt."

„Das mag sein", antwortete Anna. „Aber wir
haben ihnen gezeigt, dass sie nicht unantastbar
sind. Und das wird sie in Zukunft vorsichtiger
machen."

Der Ausblick

Mit Krauses Verhaftung war das Netzwerk der
Wächter schwer getroffen, aber nicht vollständig
zerstört. Anna und Jürgen wussten, dass es noch
immer verborgene Kräfte gab, die versuchen
würden, die Kontrolle zurückzugewinnen. Doch
für den Moment konnten sie sich über ihren
Erfolg freuen.

„Was jetzt?" fragte Jürgen, als sie das Büro
verließen.

Anna sah in die Ferne. „Jetzt setzen wir den Kampf fort. Wir haben einen wichtigen Sieg errungen, aber es gibt noch mehr zu tun."

Kapitel 22: Die Macht im Verborgenen

Die ersten Konsequenzen

Die Verhaftung von Konrad Krause war ein historischer Moment. Die Medien überschlugen sich mit Berichten über die Enthüllungen, und die Regierung stand unter immensem Druck, sich von allen Personen zu distanzieren, die mit dem Wächter-Netzwerk in Verbindung gebracht wurden. Krauses Name war in der Öffentlichkeit plötzlich mit Korruption, kriminellen Machenschaften und jahrzehntelanger Manipulation verbunden.

Für Anna und Jürgen war es jedoch kein Grund zum Feiern. Sie saßen zusammen in einem Konferenzraum ihres Reviers, das von der Last der jüngsten Ereignisse erfüllt war. Überall an den Wänden hingen Karten, Fotos und Notizen, die das Ausmaß des Netzwerks der Wächter aufzeigten. Die Verhaftung von Krause war ein großer Schritt, aber es fühlte sich nur wie der Anfang einer viel größeren Herausforderung an.

„Das Netzwerk ist destabilisiert", sagte Anna, während sie durch die Notizen blätterte. „Aber es ist noch nicht zerstört. Viele von Krauses Kontakten sind noch da draußen, und sie werden versuchen, seine Macht wiederherzustellen."

Jürgen nickte und lehnte sich nachdenklich zurück. „Es wäre naiv zu glauben, dass Krause der Einzige war, der diese Fäden gezogen hat. Das Netzwerk ist vielschichtig, und wir haben immer noch keine Ahnung, wie tief es reicht."

In den darauffolgenden Tagen wurden mehrere hochrangige Persönlichkeiten verhaftet – Politiker, Unternehmensvorstände und Geheimdienstmitarbeiter, die in Verbindung zu Krause standen. Doch es war klar, dass viele noch im Schatten operierten, geschützt von ihrem Einfluss und ihrer Macht.

Die Wiederkehr der Angst

Während die Ermittlungen voranschritten, begann Anna das Gefühl zu beschleichen, dass etwas nicht stimmte. Trotz der Festnahmen und der fortschreitenden Ermittlungen gab es keine neuen Beweise, die auf die verbleibenden Mitglieder des Netzwerks hinwiesen. Es war, als ob die Wächter plötzlich unsichtbar geworden waren.

„Es ist zu ruhig", sagte sie eines Abends zu Jürgen, als sie beide in einer Bar saßen und den Tag Revue passieren ließen. „Die Wächter verschwinden nicht einfach so. Sie müssen sich irgendwo verstecken, sich neu formieren."

„Du hast recht", antwortete Jürgen und nahm einen Schluck von seinem Bier. „Sie sind irgendwo da draußen und planen ihren nächsten Zug. Wir haben nur die äußere Schicht des Netzwerks freigelegt. Die wirklich Mächtigen sind noch immer verborgen."

Anna nickte und ließ ihre Gedanken schweifen. Sie hatte das Gefühl, dass sie in ein viel größeres Spiel hineingezogen worden waren, als sie ursprünglich gedacht hatte. Es war, als ob Krauses Festnahme nur die Aufmerksamkeit auf sie gelenkt hatte und jetzt viel größere Mächte auf sie fokussiert waren.

Eine neue Bedrohung

Einige Wochen nach der Verhaftung von Krause erhielt Anna eine anonyme Nachricht – ähnlich denjenigen, die sie bereits zuvor erhalten hatte. Doch dieses Mal war der Ton der Nachricht anders. Es war keine Drohung, sondern eine Warnung:

„Ihr habt Krause gestoppt, aber das wahre Gesicht des Netzwerks ist noch im Dunkeln. Die wirklich Mächtigen beobachten euch. Vorsicht, wem ihr traut."

Anna zeigte die Nachricht sofort Jürgen, der sie mit zusammengezogenen Augenbrauen betrachtete. „Wer auch immer das schickt, will uns warnen", sagte er. „Aber die Frage ist, warum? Und warum jetzt?"

„Vielleicht haben sie Angst, dass wir zu nah an die Wahrheit kommen", antwortete Anna. „Oder

es ist ein Teil des Netzwerks, das sich absichern
will. In jedem Fall bedeutet es, dass noch mehr
hinter all dem steckt."

„Du glaubst, dass Krause nur eine Marionette
war?"

„Genau das glaube ich", sagte Anna
entschlossen. „Wir haben den Kopf eines Teils
des Netzwerks entfernt, aber der wahre Anführer
versteckt sich noch. Irgendjemand zieht die
Fäden aus dem Hintergrund."

Jürgen nickte langsam. „Dann müssen wir diesen
jemand finden. Aber wo fangen wir an?"

Alte Verbündete, neue Feinde

Während sie weiter über die Nachricht
nachdachten, beschlossen Anna und Jürgen, den
Informanten aufzusuchen, der ihnen geholfen
hatte, Krause zu entlarven. Sie hofften, dass er
mehr über das wahre Machtzentrum des
Netzwerks wusste.

Doch als sie in seinem Versteck ankamen, fanden sie es leer vor. Der Informant war spurlos verschwunden. Es gab keine Anzeichen eines Kampfes, keine Hinweise darauf, wohin er gegangen war. Nur eine Notiz lag auf dem Tisch: **„Sie sind mir auf den Fersen. Ich kann euch nicht weiterhelfen. Passt auf euch auf."**

„Er hat Angst", sagte Jürgen leise. „Sie haben ihn gefunden."

Anna stand schweigend im Raum und versuchte, ihre Gedanken zu ordnen. Der Informant hatte ihr wertvolle Informationen gegeben, aber jetzt war er selbst ein Ziel geworden. Das Netzwerk der Wächter war immer noch aktiv – und es jagte nicht nur sie, sondern auch alle, die versuchten, es zu zerstören.

„Wir müssen schneller handeln", sagte Anna. „Wenn sie uns und unsere Verbündeten finden, bevor wir sie entlarven, sind wir alle erledigt."

Eine letzte Chance

Die nächsten Tage waren von intensiven Ermittlungen geprägt. Anna und Jürgen durchforsteten die verbliebenen Beweise und versuchten, neue Hinweise auf die wahren Köpfe des Netzwerks zu finden. Doch die Wächter hatten ihre Spuren geschickt verwischt.

Dann erhielten sie einen unerwarteten Hinweis. Ein ehemaliger hochrangiger Beamter der Regierung, der jahrelang in den Schatten agiert hatte, meldete sich bei den Ermittlungsbehörden. Er behauptete, er habe Informationen, die das wahre Zentrum des Netzwerks der Wächter entlarven könnten. Allerdings forderte er umfassenden Schutz und garantierte Straffreiheit im Austausch für seine Aussage.

„Das könnte unsere letzte Chance sein", sagte Anna, als sie über den Fall informiert wurde. „Wenn er die Wahrheit sagt, könnte er uns direkt zu den Drahtziehern führen."

„Oder es ist eine Falle", entgegnete Jürgen. „Wir müssen extrem vorsichtig sein."

Anna stimmte zu, aber sie wusste, dass sie keine Wahl hatten. Sie mussten das Risiko eingehen, um das Netzwerk endgültig zu zerschlagen.

Das Treffen mit dem Verräter

Das Treffen wurde in einem abgelegenen Verhörraum arrangiert, weit weg von der Öffentlichkeit. Der ehemalige Beamte, ein Mann namens Peter Schilling, wirkte nervös, als er den Raum betrat. Sein Gesicht war fahl, und seine Hände zitterten, als er sich hinsetzte.

„Ich habe lange gebraucht, um mich zu melden", begann er leise. „Aber ich konnte nicht länger schweigen. Ihr seid nah dran, aber die Menschen, die ihr sucht, sind gefährlicher, als ihr es euch vorstellen könnt."

„Wer sind sie?" fragte Anna direkt.

Schilling holte tief Luft. „Es gibt eine Gruppe von Männern – alte Eliten, die seit Jahrzehnten die Fäden ziehen. Sie sind keine Politiker, sie sind keine Geschäftsleute, sie sind beides. Sie haben Verbindungen zu Geheimdiensten, zu internationalen Banken, zu allem. Sie operieren im Verborgenen und haben jede Ebene der Macht infiltriert."

„Und Krause?" fragte Jürgen.

„Krause war nur ein Bauer auf ihrem Schachbrett", sagte Schilling bitter. „Er war nützlich, aber austauschbar. Die wahren Drahtzieher bleiben unsichtbar. Sie haben in den letzten Jahren ihre Operationen ausgeweitet, und sie planen etwas Großes. Etwas, das weit über das hinausgeht, was Krause je kontrollieren konnte."

Anna spürte, wie sich ein Knoten in ihrem Magen bildete. „Was planen sie?"

Schilling sah sie lange an, bevor er antwortete. „Eine umfassende Machtübernahme. Nicht nur in diesem Land, sondern global. Sie haben Verbindungen zu Regierungen, Konzernen und Sicherheitsapparaten in mehreren Ländern. Sie nutzen Krisen, politische Instabilität und wirtschaftliche Not, um ihre Macht zu festigen. Sie sind nicht nur eine Bedrohung für dieses Land – sie sind eine Bedrohung für die Welt."

„Warum sagst du uns das?" fragte Jürgen skeptisch. „Was hast du davon?"

Schilling lächelte bitter. „Weil ich meine Schuld begleichen will. Ich habe zu lange geschwiegen, zu lange zugesehen. Aber ich weiß, dass sie mich bald finden werden, und bevor das passiert, will ich zumindest etwas richtig machen."

Anna und Jürgen sahen sich an. Es war klar, dass dies mehr war, als sie jemals vermutet hatten.

Die Wächter waren nicht nur eine kriminelle Organisation – sie waren ein globales Machtzentrum, das die gesamte Weltordnung bedrohte.

Das letzte Puzzlestück

Mit den Informationen von Schilling begannen Anna und Jürgen, die Verbindungen weiter zu untersuchen. Sie fanden Hinweise auf geheime Treffen in mehreren Ländern, auf große Finanztransaktionen, die darauf hindeuteten, dass die Wächter ihre Operationen im Ausland weiter ausgebaut hatten.

„Das ist größer, als wir dachten", sagte Jürgen eines Abends. „Wir haben es hier

mit einer Organisation zu tun, die in alle Bereiche der Gesellschaft eingreift. Wenn wir sie nicht stoppen, könnten sie in den nächsten Jahren die gesamte politische und wirtschaftliche Landschaft verändern."

Anna wusste, dass er recht hatte. Doch die Herausforderung war riesig. Sie standen nicht mehr nur gegen ein inländisches Netzwerk, sondern gegen eine globale Verschwörung, die über Jahre hinweg sorgfältig aufgebaut worden war.

„Wir müssen uns neue Verbündete suchen", sagte Anna entschlossen. „Das hier ist größer, als wir alleine bewältigen können. Wir brauchen internationale Unterstützung, Ermittler aus anderen Ländern, die bereit sind, das Ganze mit uns aufzuklären."

Jürgen nickte. „Aber wir müssen schnell sein. Sie wissen, dass wir ihnen dicht auf den Fersen sind."

Ein unerwarteter Angriff

Während Anna und Jürgen ihre Pläne schmiedeten, passierte das Unvorstellbare. Eines Nachts, als Anna nach Hause kam, wurde sie von mehreren maskierten Männern angegriffen. Sie hatte kaum die Chance, sich zu wehren, bevor sie niedergeschlagen wurde.

Als sie in einem dunklen Raum zu sich kam, wusste sie sofort, dass es die Wächter waren, die sie geschnappt hatten. Ihr Herz raste, doch sie zwang sich, ruhig zu bleiben.

Einer der Männer trat vor sie und sprach mit ruhiger Stimme. „Ihr habt es weit gebracht, Kommissarin Hansen. Aber jetzt ist das Spiel vorbei. Wir haben euch lange genug zugesehen."

Anna spürte, wie sich der Druck um sie herum verstärkte. Sie war in der Falle – doch tief in ihrem Inneren wusste sie, dass dies nur das nächste Kapitel war.

Gefangen

Anna saß gefesselt in dem dunklen Raum. Ihr Kopf pochte von dem Schlag, den sie während des Angriffs abbekommen hatte, und ihre Gedanken rasten. Sie wusste nicht, wo sie war oder wer diese Männer genau waren, aber es war klar, dass sie Teil des Netzwerks der Wächter sein mussten. Der Angriff war eine klare Botschaft: Sie war zu weit gegangen, hatte zu viel entdeckt.

Die Männer, die sie gefangen hielten, waren gut organisiert. Sie trugen keine sichtbaren Abzeichen und vermieden es, miteinander zu sprechen. Es war offensichtlich, dass sie alles taten, um ihre Identität zu verbergen. Einer von ihnen trat schließlich vor und zog die Kapuze ab. Sein Gesicht war kalt und ausdruckslos, die Augen wirkten wie die eines Raubtiers.

„Kommissarin Hansen", sagte er ruhig. „Sie hätten wissen müssen, dass Sie nicht einfach so

in diese Welt eintreten können, ohne die
Konsequenzen zu tragen."

Anna hielt seinem Blick stand, auch wenn die
Fesseln ihre Handgelenke schmerzten. „Ihr
macht einen Fehler", sagte sie ruhig, obwohl ihr
Herz raste. „Ihr könnt mich festhalten, aber es
wird euch nicht aufhalten. Es gibt viele, die bereit
sind, euch zu entlarven."

Der Mann lächelte kalt. „Das ist der Irrtum, den
ihr alle macht. Ihr glaubt, wir wären nur ein paar
mächtige Männer, die sich im Schatten
verstecken. Aber was ihr nicht versteht, ist, dass
wir die Struktur selbst sind. Wir kontrollieren die
Welt, in der ihr lebt. Und egal, wie viele von uns
ihr verhaftet, es wird immer jemanden geben, der
bereit ist, die Fäden zu ziehen."

Anna spürte, wie ihre Kehle trocken wurde. Die
Gewissheit, dass das Netzwerk der Wächter
tiefer und mächtiger war, als sie je gedacht hatte,
lastete schwer auf ihr. Doch sie durfte keine
Schwäche zeigen. „Ihr seid nicht unantastbar.

Wir haben bereits einen eurer Anführer verhaftet,
und es wird nicht der letzte sein."

Der Mann trat näher, beugte sich zu ihr herunter
und flüsterte: „Krause war nur ein Werkzeug. Ein
nützlicher Bauer, der geopfert werden konnte.
Aber wir, die wahren Anführer, wir bleiben im
Verborgenen. Und wir beobachten alles."

Er richtete sich auf und nickte einem seiner
Männer zu, der Anna ohne ein weiteres Wort eine
schwarze Kapuze über den Kopf zog. Die Welt
wurde dunkel, und sie fühlte, wie sie grob
hochgezogen und aus dem Raum geführt wurde.
Ihr Herz raste. Sie wusste, dass sie in einer
gefährlichen Lage war, aber sie wusste auch,
dass Jürgen und das Team nach ihr suchen
würden.

Jürgens verzweifelte Suche

Währenddessen tobte bei Jürgen Panik. Als Anna
nicht wie verabredet zur Arbeit erschien und auf
keine Anrufe oder Nachrichten reagierte, wusste
er sofort, dass etwas schrecklich falsch lief. Er

stürmte in Annas Wohnung und fand dort die klaren Spuren eines Kampfes – umgestürzte Möbel, zerbrochene Gegenstände und ihr Telefon auf dem Boden.

„Verdammt", flüsterte er und griff sofort zum Telefon, um die Kollegen zu alarmieren. Innerhalb von Minuten war das Team informiert, und die Ermittlungen begannen.

Jürgen wusste, dass die Zeit gegen sie arbeitete. Er hatte keine Zweifel daran, dass die Wächter hinter Annas Verschwinden steckten. Doch was ihn am meisten beunruhigte, war die Frage, wohin sie sie gebracht hatten. Das Netzwerk war mächtig und gut organisiert. Sie konnten Anna überallhin verschleppen – und ihre Spuren so gründlich verwischen, dass es fast unmöglich wäre, sie zu finden.

Während die Polizei den Tatort untersuchte und versuchte, Hinweise zu finden, saß Jürgen allein in seinem Büro, die Hände vor seinem Gesicht verschränkt. Sein Verstand arbeitete fieberhaft. Er wusste, dass er einen anderen Ansatz

brauchte. Wenn er nach herkömmlichen
Methoden suchte, würde er zu spät kommen.

Er griff zu einem letzten Strohhalm und
kontaktierte Thomas Bachmann, den
investigativen Journalisten, der ihnen bei der
Enthüllung der Wächter geholfen hatte.
„Bachmann, ich brauche deine Hilfe", sagte
Jürgen entschlossen. „Anna ist verschwunden,
und ich weiß, dass die Wächter dahinterstecken."

„Verdammt", hörte er Bachmann am anderen
Ende murmeln. „Hast du irgendwelche Spuren?
Irgendetwas, was uns einen Hinweis gibt, wo sie
sein könnte?"

„Noch nichts", antwortete Jürgen. „Aber ich habe
das Gefühl, dass wir sie nur finden können, wenn
wir tief in das Netzwerk der Wächter eindringen.
Du hast gute Kontakte – weißt du irgendetwas
über ihre Verstecke, über Orte, an die sie ihre
Gefangenen bringen?"

Bachmann zögerte kurz. „Es gibt Gerüchte“, sagte er schließlich. „Einige ehemalige Mitarbeiter haben erwähnt, dass es außerhalb der Stadt ein Anwesen gibt – abseits jeglicher offizieller Dokumente. Es ist so gut versteckt, dass selbst die Behörden nicht wissen, dass es existiert. Ich weiß nicht, ob Anna dort ist, aber es könnte ein Anfang sein.“

„Gib mir die Adresse“, sagte Jürgen sofort.

Der verzweifelte Plan

Während Jürgen und Bachmann ihre Nachforschungen intensivierten, um Annas möglichen Aufenthaltsort herauszufinden, hatte Anna begonnen, die Umgebung ihrer Gefangenschaft zu studieren. Sie war wieder zu Bewusstsein gekommen, nachdem die Männer sie in einen weiteren Raum gebracht hatten. Diesmal gab es keine Kapuze, aber der Raum war karg und nur von schwachem Licht erleuchtet. Ihre Hände waren immer noch gefesselt, aber sie war allein.

Sie wusste, dass dies ihre Chance war. Anna hatte im Laufe der Jahre viele gefährliche Situationen überstanden, und sie würde nicht kampflos aufgeben. Ihr Verstand arbeitete fieberhaft, um einen Ausweg zu finden. Sie konnte keine offensichtlichen Kameras sehen, aber sie war sich sicher, dass sie beobachtet wurde.

Plötzlich öffnete sich die Tür, und der Anführer trat wieder ein. „Sie werden bald abgeholt", sagte er kühl. „Ich dachte, Sie sollten wissen, dass Ihr Kollege Jürgen bereits nach Ihnen sucht. Es wird ihm jedoch nichts nützen. Die Menschen, die uns unterstützen, haben Verbindungen, die weit über Ihre Vorstellungskraft hinausgehen."

„Ihr denkt, ihr seid unantastbar", sagte Anna und hob trotzig den Kopf. „Aber ihr seid genauso verwundbar wie jeder andere. Früher oder später werdet ihr Fehler machen."

Der Mann lächelte nur. „Wir machen keine Fehler, Kommissarin. Wir erschaffen die Regeln. Die Welt, in der Sie leben, gehört uns."

Er verließ den Raum, doch Annas Worte hallten nach. Sie wusste, dass sie ihm recht geben musste – das Netzwerk der Wächter hatte die Regeln geschaffen, hatte die Macht über viele Ebenen der Gesellschaft. Doch sie wusste auch, dass Macht stets Fehler mit sich brachte. Und diese Fehler würden sie zu Fall bringen.

Das abgelegene Anwesen

Jürgen und Bachmann bereiteten sich auf das Schlimmste vor, als sie das abgelegene Anwesen erreichten, das Bachmanns Kontakte ihnen genannt hatten. Es lag tief im Wald, weit außerhalb der Stadt, versteckt hinter hohen Zäunen und dichten Bäumen. Es war der perfekte Ort für die Wächter, um Menschen festzuhalten, die zu gefährlich geworden waren, um sie frei herumlaufen zu lassen.

„Das ist der Ort", sagte Bachmann, während sie durch das Fernglas das Gelände absuchten. „Es gibt keine Sicherheitskameras, aber das bedeutet nichts. Sie wissen, dass sie sich hier verstecken können."

„Anna muss da drin sein", sagte Jürgen entschlossen. „Wir müssen sie da rausholen, bevor es zu spät ist."

Sie riefen Verstärkung an, aber Jürgen wusste, dass sie schnell handeln mussten. Die Wächter könnten Anna jederzeit verlegen oder schlimmeres mit ihr tun. Jede Sekunde zählte.

Mit einer Mischung aus Angst und Entschlossenheit näherten sie sich dem Anwesen. Jürgen wusste, dass sie gegen die Uhr arbeiteten. Die Wächter hatten ihre Macht bewiesen, aber diesmal waren sie in der Defensive. Und Jürgen würde nicht zulassen, dass sie Anna aus seinem Leben rissen.

Der finale Zugriff

Jürgen führte die Spezialeinheit an, die das Anwesen stürmen sollte. Sie waren vorbereitet – mit gepanzerten Fahrzeugen und der Unterstützung der Polizei. Es war klar, dass dies kein gewöhnlicher Zugriff sein würde. Die Wächter würden nicht kampflos aufgeben.

Als sie das Tor durchbrachen und auf das Gelände vordrangen, ertönten Warnsirenen, und Männer in dunklen Anzügen strömten aus dem Gebäude, Waffen in der Hand. Es kam zu einem heftigen Schusswechsel, doch Jürgen konzentrierte sich nur auf eines: Anna.

Er stürmte in das Hauptgebäude, gefolgt von mehreren Beamten. Die Luft war dick von Spannung und Schießpulver, doch er ließ sich nicht aufhalten. Endlich erreichte er den Raum, den Bachmann ihnen beschrieben hatte – das Herz des Anwesens

Impressum

© Mara

2024

1. Auflage

E-Mail: rafiasalam82@gmail.com

www.ingramcontent.com/pod-product-compliance
Lightning Source LLC
Chambersburg PA
CBHW060908140726

47996CB00001B/163